Nouvel Eden

FSC
www.fsc.org
MIXTE
Papier issu
de sources
responsables
Paper from
responsible sources
FSC® C105338

Anna Ariabinsky

Nouvel Eden

Édition : BoD – Books on Demand,
12/14 rond-point des Champs-Élysées, 75008 Paris
Impression : BoD - Books on Demand, Norderstedt,
Allemagne

Graphiste : Maliha Khan

Image de la couverture : Bessi et merlinlightpainting / Pixbay

ISBN : 9782322397198
Dépôt légal : Février 2022

Pour ma mère

CHAPITRE 1

Arche, 1ᵉʳ janvier 3021, 17 h 45.

C'est impressionnant comme le temps semble se rallonger lorsqu'on marche vers son propre destin. Une seconde dure une heure, chaque pas semble être fait au ralenti, on peut entendre les battements de son propre cœur, et le bruit de ses chaussures qui claquent quand elles touchent le sol.

Et pourtant, je voudrais que ce moment se fige dans le temps, pour ne jamais arriver au bout du couloir blanc et aseptisé où m'attend un médecin, pour une dernière vérification avant le lancement.

Car aujourd'hui, comme les trente-neuf autres participants au programme Nouvel Eden, j'ai vingt ans et je vais être envoyée sur Terre pour devenir une Eve.

Les deux soldats qui marchent près de moi sont sur leurs gardes et me lancent des regards curieux. Ils craignent peut-être que je me défile et tente de m'enfuir, mais c'est mal me connaître. J'appréhende ce qui va se passer, mais je n'ai pas peur. Toute ma vie, j'ai été préparée à ce seul et unique objectif : repeupler la Terre avec une humanité meilleure. Et cette mission, je le sais, je la mènerai à bien sans flancher.

Mon médecin, Lewis, me sourit quand il me voit et m'invite à m'asseoir sur le fauteuil médical. Lewis est le docteur qui a surveillé chaque étape de ma croissance pour s'assurer que rien ne cloche chez moi, que je n'ai aucune maladie, et surtout que mon appareil reproducteur fonctionne à merveille. Je l'ai toujours connu calme et réservé, avec sa blouse blanche impeccable et ses cheveux bruns gominés. Pourtant, ce soir il paraît angoissé.

Je m'assois sur le fauteuil qui passe immédiatement en mode auscultation et m'allonge. Je sens mon corps s'enfoncer dans son rembourrage à mémoire de forme et la machine à côté commence à émettre des bips réguliers et rassurants.

— Comment te sens-tu aujourd'hui, Eve ? me demande-t-il en enroulant autour de mon bras son tensiomètre.

— Bien, je suis un peu stressée, mais mon corps est en parfait état et mon esprit toujours aussi acéré, j'assure d'une voix calme.

— C'est normal d'être inquiète, me sourit-il, mais tu verras, tout va bien se passer, tu as fait des centaines de simulations, tu sais comment ça marche.

— Oui.

Mais je sais aussi que les simulations n'ont rien à voir avec la vraie vie. Après cet examen médical, je serai mise dans la capsule de transport qui m'attend sagement à l'autre bout de la pièce, direction Terre.

Je ne suis jamais allée sur Terre. Je suis née et j'ai grandi sur l'Arche, tout ce que je connais de la planète autour de laquelle nous gravitons est ce que j'ai appris dans les livres, un paradis réduit à néant par l'égoïsme de l'humanité. Ça fait plus d'un millénaire que l'être humain a quitté son foyer d'origine, et le programme Nouvel Eden va nous y ramener. Pas tous, évidemment, seulement les élus. Les vingt Eve et les vingt Adam conçus spécifiquement pour cette tâche : créer une humanité meilleure, une humanité digne de vivre sur Terre.

Pour cela, des androïdes furent lâchés sur Terre, vingt ans plus tôt, le jour même de notre naissance, pour nous bâtir un Sanctuaire. Un morceau de Terre sainte, protégé et confortable où nous pourrons vivre, faire des enfants et vieillir en paix.

— Eh bien, ton corps est parfaitement opérationnel, m'assure le docteur Lewis en m'aidant à me relever.

— C'est une bonne chose.

Je souris, mais je ne le pense pas vraiment. Toute mon attention est portée sur la capsule minimaliste blanche qui m'attend.

— Tu as quelques minutes pour t'habiller avec ta combinaison, dépêche-toi, tu ne voudrais pas être en retard le jour de ton anniversaire.

Je hoche la tête et passe derrière le paravent holographique pour enfiler ma combinaison thermique, aussi blanche que la capsule. Elle sera ma tenue pour le reste de ma vie, afin que l'Arche puisse garder un œil sur moi et sur ma santé. Elle me permettra aussi de garder une température agréable durant tout le transport jusqu'à la Terre. La combinaison composée de nanotechnologies paraît trop grande, mais elle s'adapte à ma physionomie dès lors que j'appuie sur le petit bouton sur mon plexus solaire ; c'est une véritable armure.

Il ne me reste plus que quelques minutes pour entrer dans ma capsule. Pour donner à l'événement une symbolique particulière, chaque Adam et chaque Eve se voit quitter l'Arche à la minute précise de son anniversaire L'ironie du sort veut que je sois née à 18 h 00, tout juste une minute avant Adam19 qui partira donc un peu après moi.

J'ai beau ne l'avoir jamais rencontré, je ressens une certaine sympathie pour ce garçon qui vivra la même chose que moi à une minute d'intervalle. Les Adam et les Eve ne se sont jamais rencontrés, nous avons soigneusement été tenus à l'écart les uns des autres. D'une part pour que les Eve gardent leur pureté, et d'autre part pour que notre intégration au Sanctuaire puisse être filmée et retransmise à l'Arche en maintenant l'intérêt du public. Car en plus de créer une humanité nouvelle, nous sommes aussi là pour apporter l'espoir à nos centaines de milliers de compatriotes qui resteront dans l'Arche. À travers nous, ils pourront contempler la Terre, l'effleurer du doigt.

Dès que je quitterai la protection du paravent, tous les habitants de l'Arche auront le regard rivé sur moi. Je devrais avoir l'habitude : depuis le temps, chacun de mes pas, chacune de mes réussites ont été retransmis en direct. Pourtant, je sens qu'aujourd'hui, plus que jamais, mon comportement peut avoir des conséquences sur le reste de ma vie.

Je prends une profonde inspiration, et avant que le docteur Lewis n'ait pu m'interpeller, je quitte le paravent. Je ne vois pas les caméras, mais je sais qu'elles sont là.

— Tu es prête, Eve ? me demande mon médecin.

Il est devant la capsule, dont le couvercle est ouvert. Ovale, elle fait trois mètres de haut et elle est constituée d'un fuselage en titane épais d'une cinquantaine de centimètres, suffisant pour supporter l'entrée dans l'atmosphère terrestre.

— Prête, c'est quand vous voulez, j'assure avec un sourire pour les caméras.

Lewis me fait signe de m'installer. L'intérieur de la capsule est recouvert d'un épais matelas à mémoire de forme pour rendre mon voyage agréable. Comme elle est faite pour être commandée à distance, il n'y a qu'un gros bouton pour activer les réacteurs et une manette pour les parachutes, à n'utiliser qu'en cas d'urgence. Il y a aussi une trousse de secours au-dessus de ma tête, mais tout le monde m'a assuré que je n'en aurai pas besoin.

Je m'allonge dans la capsule et laisse le docteur Lewis m'attacher. Cinq ceintures m'harnachent :

deux partent du dessus de mes épaules, une de chaque côté de ma taille et la troisième entre mes jambes. Elles se clipsent au-dessus de mon plexus comme une étoile à cinq branches. Accrochée ainsi, je n'ai aucune chance de bouger durant tout le voyage.

— Tout va bien se passer, Eve18, tu verras, en quelques heures seulement tu rejoindras tes camarades au Sanctuaire et tu pourras commencer ta nouvelle vie.

— J'ai hâte, j'assure en me détendant le plus possible.

— C'est l'heure, fait-il en s'écartant de moi pour refermer hermétiquement la capsule.

Il y a une grande vitre de plexiglas qui me permet de voir l'extérieur. C'est la seule chose que je reproche à cette machine : j'aurais préféré ignorer le monde qui m'entoure jusqu'à arriver à destination.

— Bonjour Eve18 ! chantonne une voix familière dans mon oreille, là où est intégré un micro-écouteur qui me relie directement au centre de commandement.

— Bonjour, Commandante ! Tout va bien là-haut ?

Un rire cristallin résonne dans mes oreilles.

— Tout va pour le mieux, détends-toi, profite du voyage et de la vue, ma chérie, c'est la dernière fois que tu voyages dans l'espace.

Je sais que tous les regards sont fixés sur moi, alors je me force à glousser malgré la boule dans ma gorge.

— En espérant que ce ne soit pas mon dernier voyage tout court.

J'entends la Commandante rire et en arrière-plan, tous les ingénieurs l'imitent.

— Ne t'inquiète pas pour ça, nous gérons tout. Il est presque l'heure, tu veux compter avec nous ?

Incapable de parler, je hoche la tête, pressée d'arriver au Sanctuaire et de sortir de cette boîte. Je ne suis pas claustrophobe, mais l'idée de me retrouver projetée dans l'espace à plusieurs centaines de kilomètres à l'heure dans un œuf ne me réjouit pas.

J'entends dans mon oreille le début du décompte qui commence à vingt secondes. J'imagine aisément toute la population de l'Arche scander le compte à rebours. Ces personnes que je n'ai jamais côtoyées, mais qui me connaissent mieux que mes donneurs de gènes.

— Trois, deux, un, bon voyage, Eve18.

Le largage est brutal, mais je suis préparée. J'encaisse le choc du changement soudain de vitesse comme on me l'a appris.

— Bienvenue à bord d'Air Eden, veuillez boucler votre ceinture et conserver à l'intérieur du compartiment bras, jambes et tête, plaisante la Commandante. Vous atteindrez l'atmosphère terrestre dans approximativement trois heures et vingt minutes. Température au sol 38 °C et grand soleil.

J'entends en arrière-plan le décompte pour Adam19, j'essaie de me concentrer sur la voix de la Commandante pour empêcher mon estomac, pourtant habituellement solide, de remonter dans ma gorge. Je ne peux pas m'empêcher d'avoir un mauvais pressentiment. Adam19 et moi voyagerons presque côte à côte, puisque notre trajectoire sera la même. Le temps me semble long et je m'occupe comme je peux en écoutant la musique d'ambiance que l'Arche passe dans mon oreillette incrustée.

Le choc lorsque la capsule percute la première couche de l'atmosphère me secoue et je sens les ceintures dont je suis bardée s'enfoncer douloureusement dans mes chairs malgré la protection de ma combinaison. Pourtant, je suis incroyablement heureuse d'être ainsi harnachée.

— To… va… en ? demande la Commandante d'une voix hachée.

— Ça secoue ! je lâche entre mes dents.

La seconde d'après, j'ai l'impression que quelque chose d'énorme vient percuter ma capsule qui commence à tourner sur elle-même.

— Commandante, qu'est-ce qui se passe ?!

Je hurle dans l'espoir d'avoir une explication alors que mon cœur et tous mes organes remontent dans ma gorge. Par la vitre en plexiglas, je vois tantôt la Terre, tantôt l'espace, alors que je vrille de plus en plus vite.

— Je…. Pris …rde…calme Eve… capsule… 19…. dévié… trajectoire… percuté… entr… atm… on fait… pouvoir… stabilisé.

L'explication entrecoupée de la Commandante, dite d'une voix inquiète, ne me rassure pas. Je suis ballottée dans tous les sens et ça n'a rien d'une attraction. Le frottement de l'air contre la coque de ma capsule fait un bruit effrayant, et je vois la Terre se rapprocher vite et en même temps pas assez. Si je dois mourir aujourd'hui, j'ai tout le temps de le voir venir.

— Commandante ! je hurle dans une énième secousse.

Ma tête part en avant et cogne contre la trousse médicale solidement harnachée, puis elle repart en arrière et heurte les matelas à mémoire de forme si violemment que je sens presque la carlingue derrière. De droite à gauche, mon corps est secoué, je dois perdre connaissance un instant car, quand je reviens à moi, la Commandante parle de nouveau.

— Act… para… manu… ! … perdu… trôle…. cap… ule,… tive… chute… réa… Main…enant Eve !

Je lève lentement et avec maladresse mon bras vers le bouton pour les réacteurs, près du levier qui enclenchera les parachutes. J'ai du mal à me concentrer sur mon objectif, ma main part dans tous les sens, j'ai l'impression que je n'y arriverai jamais. Pourtant, mes doigts réussissent à appuyer sur le bouton des réacteurs qui se mettent en branle dans une grande secousse. Ma vision est floue et j'ai du mal à voir les informations qui défilent sur l'écran intégré, qui me donnent ma vitesse et ma distance du sol. Si je vais trop vite, les parachutes se déchireront à l'ouverture, si je ne suis pas assez haut, je m'écraserai dans une gerbe d'étincelles et de flammes spectaculaires visible depuis le télescope de la station.

Au moins, les réacteurs ont permis de stabiliser un minimum ma capsule, même si d'après la vision que j'ai, je suis dans le mauvais sens. Je ne vrille plus, mais je ne ralentis pas non plus. Dans ce genre de situation, les personnages des romans que j'ai lus jurent en cherchant une solution. Mais comme je n'ai pas le droit de jurer – je me suis fait suffisamment réprimander pour ça dans ma jeunesse –, je me contente de réfléchir à une solution.

Depuis l'œuf, je ne peux rien faire, je n'ai aucun contrôle, à part sur les parachutes et les réacteurs. Je ne suis pas censée piloter la capsule, elle est juste là pour faire un trajet, partir de la base spatiale et se poser au Sanctuaire.

Ma seule solution réside dans l'ouverture des parachutes. Et bon sang, il existe tellement de possibilités différentes pour que ça se passe mal. Déjà, ma vitesse peut déchirer les parachutes, malgré ses fibres de titane. Ensuite, la capsule peut décider de ne pas se remettre dans le bon sens et les parachutes peuvent se prendre dans les réacteurs, et là, c'est directement le feu d'artifice. Mais si j'attends plus longtemps, ma célérité ne réduira jamais, et je percuterai la Terre comme une vulgaire météorite de deux cents kilogrammes.

— Eve18 à base ! je crie dans l'espoir d'être entendue par les micros tout autour de moi. Je me dirige vers la Terre… (J'essaie de voir la vitesse sur l'écran, mais ma vision est encore floue.) Je me dirige vers la Terre beaucoup trop vite, et je ne suis pas dans le bon sens, mes réacteurs sont fonctionnels, mais ne me ralentissent pas ! Je dois déployer mes parachutes !

À peine ces mots sont-ils sortis de ma bouche que je me saisis du levier et l'abaisse de toutes mes forces. Il y a une seconde de flottement pendant laquelle il ne se passe rien, puis une brusque secousse me déboussole. Il me faut donc une minute pour m'apercevoir que la Terre se rapproche toujours aussi vite. Les parachutes m'ont remise dans le bon sens, mais ils ne me ralentissent pas assez. Je vais m'écraser.

En quelques secondes, j'atteins le sol. Puis plus rien.

CHAPITRE 2

Terre, 1er janvier 3021, 21 h 35.

Quand je reviens à moi, j'ai l'impression que mon corps entier est passé à la moulinette. J'ai du mal à reprendre mon souffle, je crois que j'ai une côte cassée. La bonne nouvelle, c'est qu'au vu de la douleur que je ressens, je suis vivante. La mauvaise, c'est que ça risque de ne pas durer.

Au moins, mon œuf a eu la bonne idée de s'écraser de sorte que la porte puisse s'ouvrir. C'est ce qu'on doit appeler la gravité, sans doute, et ce qui fait qu'un objet retombe sur sa face la plus lourde, la plupart du temps.

J'essaie de reprendre mon souffle, et observe mon environnement.

Je vois le ciel depuis le hublot de plexiglas plein de poussière. Le moniteur de contrôle est endommagé et grésille en lançant des étincelles, mais je n'en ai plus besoin : je suis sur terre et immobile.

D'une main tremblante, je me débarrasse de mes ceintures, qui m'ont probablement sauvé la vie. Il faut que je sorte de la capsule et que je tente de contacter la base spatiale de l'Arche. J'ai incroyablement mal à la tête, peut-être une blessure grave. Il faut que je sorte, que je prenne la trousse médicale, et que je trouve un endroit sûr pour me soigner.

Cette liste de tâches en tête, je cherche du regard le bouton censé ouvrir la porte, mais il pend lamentablement sur le côté, inutile. J'appuie tout de même dessus avec espoir, et un déclic se fait entendre, mais la porte reste close.

J'essaie de ne pas laisser la panique m'envahir. Je ne suis pas claustrophobe, mais l'idée de rester bloquée dans cet œuf et d'y mourir de soif ou de mes blessures ne me plaît pas du tout.

En désespoir de cause, je lance mes jambes de toutes mes forces contre la vitre de plexiglas. Elle vibre, mais ne bouge pas, fidèle au poste. Je recommence, encore et encore et encore, le cœur battant la chamade. L'exercice est douloureux. Je ne veux pas mourir ici. C'est sur cette pensée que, soudain, comme sortie de ses gonds, la porte saute.

Le soulagement m'envahit lorsque la brusque lumière d'un soleil couchant inonde l'intérieur de la capsule qui a failli être mon tombeau. Je me hisse difficilement hors de mon petit vaisseau, consciente de la douleur que me procure chacun de mes muscles endoloris. Bizarrement, je me dis que je vais avoir des bleus partout, et que ce ne sera pas du tout gracieux. Cette idée me fait rire, mais c'est un rire nerveux, inquiet.

Je regarde autour de moi, découvre pour la première fois la Terre autrement qu'à travers les livres ou le hublot de ma chambre. L'air est brûlant, et mes poumons, peu habitués à autre chose que l'air frais et aseptisé dans lequel j'ai grandi, hurlent de douleur. Je tousse, comme si je pouvais sortir tout cet air chaud, comme si je pouvais arrêter de respirer sans mourir. Mais rien n'y fait.

En s'écrasant, ma capsule a provoqué un cratère de plusieurs mètres de profondeur, la poussière qu'elle a soulevée est encore en train de redescendre. Elle s'accroche à ma peau et à mes cheveux, s'introduit dans mon nez et dans mes yeux.

Il n'y a rien autour de moi, que de la terre. Pas d'arbre ou d'herbe, comme dans les livres que j'ai lus. Super, de tous les endroits où j'aurais pu tomber, il a fallu que ce soit un lieu inhabitable. Le Sanctuaire a été construit au cœur d'une forêt, pour qu'il nous soit plus agréable d'y vivre, mais je n'ai pas connaissance d'un désert dans ses alentours. Avec inquiétude, je me demande si je n'ai pas trouvé le moyen d'atterrir dans le désert du Groenland. Ce territoire, autrefois gelé, était devenu sableux et brûlant après la fonte des derniers grands glaciers 900 ans plus tôt.

Après avoir pris quelques minutes pour observer mon environnement et reprendre mon souffle, je décide de bouger. Pour commencer, il faut que je récupère la trousse de secours dans la capsule. Je suis incroyablement heureuse qu'elle soit là. Je l'ouvre pour en faire l'inventaire : des bandages, de la crème cicatrisante, six antidouleurs, un tube de pilules protéinées, une boîte d'eau en bouchées, un kit contre les brûlures en tout genre. Je me dis que c'est mieux que rien, mais j'ai du mal à me convaincre. Je peux survivre quelques jours avec ça, mais seulement dans le cas où la Commandante envoie quelqu'un me chercher. J'ignore si c'est possible, je n'ai jamais eu connaissance d'un quelconque protocole sur le sujet. Il faut que j'essaie de contacter l'Arche.

Je prends un antidouleur, et étale de la crème cicatrisante sur mon oreille douloureuse et au niveau de mon arcade sourcilière. En absence de miroir, je suis incapable d'être certaine qu'il s'agit de mes seules blessures. Je ne peux rien faire contre mes côtes cassées alors je m'assois dos à la capsule en sifflant doucement.

— Eve18 au centre de commandement, je commence, dans l'espoir que mon micro, accroché au col de ma combinaison, fonctionne encore. Est-ce que vous me recevez ? (J'attends quelques secondes, aucune réponse.) Eve18 au centre de commandement, est-ce que vous me recevez ? (Rien) Je vous en prie, répondez…

Je répète inlassablement cette phrase, sentant le désespoir m'envahir alors que seul le silence me répond. Je ne veux pas mourir ici. Je continue à appeler l'Arche pendant ce qui me semble durer des heures, mais je perds la notion du temps.

Je parle jusqu'à ce que la nuit tombe, et que les températures chutent drastiquement. J'ai les lèvres gercées et la gorge sèche à force de répéter mes appels de détresse.

Soit ils m'entendent, mais ne peuvent pas me répondre, soit ils ne m'entendent pas, auquel cas, je suis seule au monde. Livrée à moi-même, je n'ai aucune chance, je le sais. J'ai grandi et vécu dans un environnement aseptisé et sécurisé, la Terre ne fera qu'une bouchée de moi, si je reste loin du Sanctuaire. C'est une planète inhospitalière pour les humains. C'est ce qu'on nous a toujours appris, c'est la raison pour laquelle notre peuple vit dans l'Arche.

Désespérée, j'arrête d'appeler à l'aide et vais chercher la lourde porte de mon œuf. J'ignore s'il y a des animaux sauvages ici, et j'avoue ne pas avoir très envie d'essayer de voir s'ils me mangeraient. Je rassemble alors mes maigres forces et je rentre dans la capsule, puis ramène maladroitement la porte dans son encadrement.

Dedans, il fait moins froid que dehors, et pourtant, j'ai l'impression que le bout de mes doigts est prêt à geler. Par le hublot de plexiglas, j'aperçois le scintillement glacial des étoiles. Ces boules de feu immortelles, qui continuent de projeter leur lueur à des centaines de milliers d'années-lumière, même après leur mort. Je sais que ce ne sera pas mon cas. Si je meurs, on m'oubliera vite, je ne vivrai pas dans la mémoire de l'humanité, contrairement à mes sœurs. C'est terrifiant de se dire qu'on a si peu d'importance, si peu de portée. Je me sens minuscule et humble face aux étoiles. Depuis bien avant la naissance de la Terre, elles étaient là, elles ont vu le monde se créer, l'être humain naître, grandir, détruire, et elles le verront mourir, indifférentes à son sort, dans leur majestueuse froideur.

**

Terre, 2 janvier 3021, 9 h 16.

J'ai horriblement mal dormi. Si ma combinaison thermique m'a protégée du froid toute la nuit, les cris et le bruit d'un millier d'animaux nocturnes m'ont terrifiée et tenue éveillée. La capsule n'est pas très confortable, le matelas à mémoire, mis à rude épreuve, m'empêche de changer de position. J'ai prié toute la nuit pour voir venir des navettes de secours, mais rien.

M'extraire de la capsule est aussi douloureux qu'éprouvant. Mon corps, entièrement courbaturé, me fait souffrir, et mes nombreuses contusions et blessures ne sont pas près de se soigner seules. Sur l'Arche, nous avons des machines à stimulation cellulaire pour nous soigner plus rapidement. Il m'est arrivé une ou deux fois de me blesser, mais ça n'a rien à voir avec la douleur que je ressens à chaque mouvement. Il faut que je trouve le Sanctuaire. Là-bas, en plus d'y avoir ces machines, il y a Eve16, formée à la médecine, elle saura quoi faire.

Puisque personne n'est venu me chercher, il faut que je m'en aille trouver de l'aide. Ma combinaison est équipée d'une puce GPS, en plus d'envoyer mes signes vitaux à l'Arche. Si tout fonctionne encore, ils sauront me retrouver. Moi, je ne peux pas me permettre de rester ici sans savoir s'ils viendront ou pas me chercher.

J'attrape la trousse de secours et la passe en bandoulière. Le cratère que mon crash a provoqué est plutôt profond, et je ne vois pas ce qu'il y a au-delà. Heureusement pour moi, l'escalade en salle était une de mes activités physiques préférées sur l'Arche.

Mais encore une fois, rien n'aurait pu me préparer à l'ascension de ce cratère. En salle, les prises ne se dérobent pas sous mes mains, elles ne sont pas brûlantes à cause de la chaleur du soleil, et ne soulèvent pas un nuage de poussière asphyxiant à chaque fois que j'en saisis une. À plus d'une reprise, je dévale la pente sur quelques mètres et m'écorche les mains en me rattrapant de justesse. Ma combinaison me protège, mais pas autant que je le voudrais. Ma respiration sifflante indique qu'il y a un risque qu'une de mes côtes transperce mes poumons. J'ai peur, je ne veux pas mourir, j'ai l'impression que jamais je ne réussirai à atteindre le sommet. Chaque fois que je regarde le haut de l'escarpement, il m'a toujours l'air aussi éloigné. La sueur provoquée par cet exercice éprouvant coule sur mon visage, rend mes mains moites et me pique les yeux.

Et enfin, j'atteins le bord. Je suis éreintée, mais je ne prends pas le temps de reprendre mon souffle, car la vue qui s'offre à moi et à la fois sublime et dévastatrice.

Le monde que j'ai appris dans les livres n'existe pas.

N'existe plus.

N'existera plus.

Face à moi s'étendent des kilomètres et des kilomètres d'un cimetière horrifiant d'une ville autrefois prospère. Des immeubles à moitié écroulés, des carcasses de voitures rouillées, des détritus par milliers, le tout recouvert d'une épaisse couche de sable rouge.

Mort.

C'est le premier mot qui me vient à l'esprit quand je vois cette ville. Elle est morte, pas une plante, pas un insecte, pas un animal. Rien.

Soudain, j'ai envie de retourner dans ma capsule et d'y rester jusqu'à ce que l'Arche vienne me chercher, mais la simple idée de devoir redescendre sans protections pour m'empêcher une chute mortelle m'en dissuade. Il faut que je sois forte, il faut que j'avance.

Ce qu'il y a de plus dérangeant dans cette ville-cimetière, c'est le silence. Pesant, anormal. Il semble prendre toute la place, et le bruit de mes pas m'en paraît terriblement amplifié. Je n'ai pas été habituée au silence et aux grands espaces, les deux m'angoissent. Chez moi, il y a toujours le bourdonnement rassurant des moteurs, de l'électricité ou de la télévision. Je suis toujours en sécurité, entre quatre murs bien définis. Alors pour me rassurer, je me mets à parler à l'Arche.

— Eve18 au centre de commandement, je ne sais pas si vous m'entendez, mais sachez que je ne vous reçois pas. J'ai décidé de quitter ma navette pour chercher à retrouver le Sanctuaire, dans l'espoir de ne pas m'être crashée trop loin. Je suis sortie du cratère et je me retrouve dans ce qui semble être une ville morte.

Je m'interromps pour ramasser une plaque rouillée dont les inscriptions restent lisibles à quelques endroits.

— Tout est écrit en anglais, alors j'ose espérer que je suis sur le continent américain. Je… je suis vraiment toute seule.

Pendant un instant un doute m'assaille. Et si cette ville avait été atomisée ? Et si elle était contaminée par des radiations ? Si c'est le cas, alors ma vie ne tient qu'à un fil. Mais je n'ai pas le choix, je dois continuer à avancer. L'air, lourd et chaud, me donne l'impression que chaque respiration est une épreuve. Je marche à travers les décombres de cette ville fantôme pendant ce qui me semble être des heures et je termine une ration d'eau, qui laisse pourtant mes lèvres gercées et ma gorge sèche. La poussière qui flotte dans l'air n'arrange rien.

Soudain, un bruit sur ma droite m'interpelle et je me tourne brusquement, juste assez rapidement pour voir une ombre disparaître.

— Qui va là ? je m'écrie, avant de me sentir bête.

Plus aucun humain ne vit sur Terre, ce doit être un animal. Prudemment, je reprends ma marche, mais je suis encore plus tendue, car désormais, la ville ne me paraît plus aussi silencieuse qu'auparavant. J'entends des petits bruits de pas, mais à chaque fois que je me retourne, je suis seule. Mon cœur commence à battre plus rapidement, et d'instinct mon pas s'accélère. Je ne sais pas ce que je fuis, je ne sais même pas si je suis capable de le fuir, mais je ne peux pas rester ici, je le sens, je le sais, je suis en danger.

Comme si mon poursuivant avait senti ma crainte, il surgit soudain de derrière un immeuble. La terreur me prend et je pousse un cri en apercevant cette atroce tête de singe qui me dévisage. Cela semble être un grand gorille, aux dents effilées et pleines de sang. Sans réfléchir, je tourne les talons et détale dans les ruelles de la ville. Je ne regarde pas derrière moi, je n'en ai ni le temps ni l'envie, j'entends mon poursuivant s'élancer sur mes pas et je sais que je suis incapable de le semer. De toutes les manières de mourir qui s'offrent à moi, finir dévorée par un gorille carnivore ne me semble pas être la plus agréable.

Je tourne dans une ruelle et sens soudain mes pieds se prendre dans quelque chose. Je tombe, je suis tirée en arrière et je décolle à trois mètres du sol, prise au piège. Un haut-le-cœur me prend alors que je tourne sur moi-même : tantôt je vois le gorille qui court vers moi, tantôt les immeubles à moitié démolis.

La panique me saisit, à chaque tour l'animal est plus proche de moi et je le vois me bondir dessus. Malgré moi, je pousse un hurlement de terreur et je ferme très fort les yeux.

CHAPITRE 3

Terre, 2 janvier 3021, 17 h 34.

Rien.

Raidie par la peur, je me sens tourner de moins en moins vite jusqu'à m'immobiliser. Alors, j'ose enfin ouvrir les yeux. Le silence s'est de nouveau fait autour de moi. Le gorille est à terre, trois flèches fatales sont enfoncées dans son corps. Une dans son œil, et deux dans son cœur. Il est mort.

J'entends des bruits de pas discrets fouler l'asphalte poussiéreux derrière moi. J'essaie de me tordre pour voir qui vient, mais tout ce que j'arrive à faire, c'est provoquer un balancement. Je sens le sang commencer à me monter à la tête et des points noirs envahissent mon champ de vision.

Puis, un mouvement le long de la corde me secoue et doucement, je vois le sol s'approcher. Je me protège la tête avec mes bras et bientôt, je me retrouve allongée par terre. Les bruits de pas s'approchent alors que je tente de me relever. Mes côtes cassées me font atrocement souffrir et j'arrive juste à m'asseoir.

Mon sauveur s'accroupit à côté de moi. Le souffle me manque face à ce visage humain. Un humain ! Sur Terre ! C'est impossible, inconcevable, incroyable.

Et pourtant. Deux yeux noirs me fixent, surmontés d'une arcade sourcilière proéminente et d'un crâne recouvert d'épais et longs cheveux sombres. Il a une peau brune et tannée par le soleil, recouverte de terre, de poussière et de petites cicatrices. Il porte sur ses épaules ce qui semble être une épaisse fourrure de couleur brune, qui dévoile des bras musclés et serrés par des bracelets en cuir. Il est vêtu d'une espèce de tunique beige et a chaussé des mocassins. C'est l'homme le plus étrange que j'ai pu voir, et il semble penser la même chose de moi en me détaillant.

— Est-ce que tu es une étoile ? demande-t-il sans préambule.

Je mets un moment à comprendre ce qu'il vient de dire. Il parle un anglais qui me semble si désuet et vieux que j'en reste bouche bée. Mais il parle, et je comprends. Une étoile ?

— Tu n'as pas l'air d'être une étoile… marmonne-t-il visiblement déçu.

— Euh… je… euh… je balbutie débilement, incapable de prononcer le moindre mot.

Toute ma vie on m'a raconté que plus aucun homme ne vivait sur Terre, qu'ils avaient tous péri dans les guerres qui avaient précédé la fuite vers l'espace, que tous ceux qui avaient survécu étaient montés dans l'Arche. Comment cet homme peut-il être là, en vie ? Ou alors peut-être que le gorille m'a tuée, et que je suis face à un fantôme.

Visiblement convaincu que je suis débile, le garçon se lève pour récupérer ses flèches sur le cadavre de l'animal.

— Viens avec moi, Fille Étoile, tu as fait tant de boucan que ses copains risquent de rappliquer.

Puis il attrape le gorille et le hisse sur son dos comme s'il était aussi léger qu'une plume. Hallucinée, je me lève pour le suivre, incapable de savoir quoi faire seule.

— Attends-moi ! Où vas-tu ? je demande en courant pour le rattraper.

Il me dévisage, surpris.

— Finalement, tu parles ma langue, Fille Étoile, constate-t-il avant de sourire de toutes ses dents.

— Je ne m'appelle pas Fille Étoile, je ne suis pas une étoile.

— Tu es tombée du ciel, que peux-tu être d'autre ?

Il se dirige dans la ville comme s'il la connaissait par cœur, sans hésitation aucune.

— Eh bien, je suis une humaine !

Il éclate de rire, comme si j'avais dit la chose la plus drôle de l'année.

— Les humaines ne tombent pas du ciel. Peut-être que tu es une Fille Ange alors. Mais je préfère Fille Étoile.

Comme il marche vite, je suis obligée de presser le pas pour rester à sa hauteur.

— O.K., O.K., reprenons depuis le début, tu veux ? Je m'appelle Eve18, je viens de l'Arche, je me suis égarée, je n'ai pas atterri là où je devais atterrir.

— Evedizuite ? répète-t-il visiblement confus. Drôle de prénom, je vais t'appeler Étoile.

— Quoi… ? Non ! Je…

— Je m'appelle Chasseur, coupe-t-il.

— Attends ! Et c'est mon prénom que tu trouves bizarre ? Je m'étonne en manquant de trébucher.

Il me lance un regard supérieur.

— Mon prénom veut dire quelque chose, au moins.

J'ouvre la bouche pour protester, mais il me fait taire d'une main contre mes lèvres.

— Silence, Étoile, nous allons traverser le territoire des huit pattes pour atteindre la forêt. Elles sont aveugles, mais elles entendent bien.

Il me prend la main, et le contact de sa paume rugueuse contre mes doigts est une étonnante douleur. Le contact physique était très limité sur l'Arche ; en dehors du docteur Lewis lorsqu'il m'auscultait, personne d'autre ne m'avait touchée. Pourtant, je n'ai pas envie qu'il me lâche, alors je garde sa main dans la mienne et suis ses pas.

Je regarde autour de moi, la carcasse des immeubles se dresse vers le ciel, et semble retenue par d'étranges fils blancs vraiment solides… et je comprends.

— Mon Dieu, les huit pattes sont des araignées, je m'étrangle dans le dos de Chasseur.

Il me fusille du regard alors je me tais. Je découvre dans une ruelle une immense toile d'araignée, piège mortel renfermant plusieurs cocons de soie, probablement leur garde-manger. Un frisson me remonte le long de l'échine quand je comprends que ces araignées doivent vraiment être énormes pour pouvoir tisser ce genre de toile, et surtout manger ce qui semble être des gorilles.

Des gorilles carnivores, des araignées géantes et un humain, c'est officiel : je suis finalement bel et bien morte.

Chasseur se penche vers moi pour me désigner une grosse toile d'araignée où l'un des arachnides semble être en train de dormir.

— On passe par là, Fille Étoile doit faire attention à pas toucher la toile, sinon…

Il ne termine pas sa phrase, mais il n'en a pas besoin, je connais le fonctionnement des araignées. Enfin, des *petites* araignées. Incapable de voir au-delà de deux centimètres, elles tissent des toiles collantes sur lesquelles elles seules peuvent se déplacer, et qui leur servent à attraper leur nourriture. Très sensibles aux mouvements des fils collants, elles savent lorsqu'une proie s'y retrouve prise au piège. Mais surtout, plus l'insecte se débat, et plus il se retrouve empêtré dans la toile. Les araignées sont d'incroyables tisseuses, mais elles sont aussi terrifiantes.

— On ne peut pas passer par là ! je chuchote, paniquée.

Il me lance un regard agacé.

— Bien sûr que si, c'est le chemin le plus court, par là.

— Et on ne peut pas faire un détour ? je m'étrangle.

— Étoile trouillarde, se moque-t-il en m'entraînant à sa suite.

Il ne me prend pas au sérieux, c'est un peu frustrant, mais je n'ai pas d'autre choix que de le suivre. Seule dans ce monde apocalyptique, je mourrais, de toute façon. S'il est ma seule chance de survie, je le suivrai partout, même au travers d'une toile tissée par une araignée géante franchement pas commode.

À pas de loup, il me montre le chemin qu'il emprunte. Il est discret et habile, même avec l'énorme singe sur son dos, et ça m'impressionne. À côté, j'ai l'impression que la gravité terrestre me rend maladroite et pataude. J'essaie de l'imiter, je me glisse entre les fils épais et luisants, mais je manque à plus d'une reprise de perdre l'équilibre et de toucher le piège de soie.

Chasseur est déjà de l'autre côté, il m'attend avec impatience alors que je rampe maladroitement sous le dernier fil. Une fois de l'autre côté, je soupire de soulagement : ce n'était pas si difficile, finalement.

Je fais un pas en avant, j'ai juste le temps de voir Chasseur s'avancer d'un air catastrophé, mais trop tard, je mets le pied dans le plat. Ou plutôt, sur la toile d'araignée. En effet, je n'ai pas vu le long fil qui court sur le sol. Tout se passe alors très vite. Mon pied, collé, me fait chuter au sol, le mouvement provoque une onde de vibration de long de la toile jusqu'à l'énorme araignée en son centre, qui semble sortir de son sommeil.

Chasseur n'a aucune hésitation, il jette le gorille sur la toile et sort un coutelas avec lequel il tranche difficilement le fil collé à ma chaussure. Sans ménagement, il me relève et se met à courir. Je ne peux que le suivre, mon cœur bat à cent à l'heure alors qu'un cri atroce déchire le silence qui s'était instauré. J'ignorais que les araignées pouvaient rugir et ça me glace le sang. J'ai du mal à courir, parce que le morceau de fil resté collé à ma chaussure me ralentit et me fait trébucher. La course-poursuite avec le gorille m'a épuisée, j'ai du mal à tenir le rythme et Chasseur s'impatiente.

— Plus vite, Étoile, les huit pattes sont rapides !

En jetant un coup d'œil par-dessus mon épaule, je m'aperçois qu'elles sont toutes occupées à examiner le gorille dans la toile. Mais Chasseur continue de courir et bien vite elles sont hors de vue.

— Chasseur, arrête ! Elles ne nous poursuivent plus !

Enfin le jeune homme m'écoute, et ralentit la cadence, ce qui me permet de reprendre mon souffle. J'ai l'impression d'avoir du sable dans la gorge et mes lèvres sont si sèches que je les sens craqueler. Un goût ferreux envahit ma bouche lorsque j'essaie de les humidifier du bout de la langue.

— Fille Étoile supporte mal la Terre on dirait, fait brillamment remarquer Chasseur en se remettant à marcher.

Je rêve !

— On ne peut pas faire une pause ? je demande en continuant à le suivre.

J'ai les pieds en compote et mon corps me paraît de plus en plus lourd à porter. Pourquoi la gravité est-elle si forte ici ? C'est un vrai calvaire.

— La nuit tombe, il faut qu'on atteigne le refuge avant.

— Il y a un refuge ? Où ça ?

Il me lance un regard, visiblement agacé par mes questions.

— Le refuge dans la forêt, là où Fille Étoile et Chasseur vont dormir pour pouvoir le lendemain aller jusqu'au village.

— Il y a un village ? Il y a d'autres humains sur Terre ? je m'étonne bêtement.

C'est évident qu'il y a d'autres humains, il n'a pas pu apparaître ici comme par magie ! Pourtant, l'idée que la Terre a pu être peuplée depuis plus de mille ans m'hallucine. Il faut absolument que l'Arche le sache, qu'ils sachent qu'ils ne sont plus les derniers représentants de l'espèce humaine, que la Terre est viable, malgré les monstres qui la peuplent !

Chasseur ne répond pas à ma question et continue à avancer.

— Regarde, Étoile ! La forêt est juste là !

Alors, je comprends que je n'étais vraiment pas prête à atterrir sur Terre.

CHAPITRE 4

Terre, 2 janvier, 3021, 19 h 48

La forêt qui s'étend face à moi n'a rien de luxuriant. Il y a d'immenses arbres, qui, au vu de leur taille, ont été plantés il y a plus de mille ans. Ils nous toisent de toute leur hauteur, mais leurs troncs sont noirs et leurs feuilles portent un vert kaki maladif et inquiétant. Ils semblent avoir poussé et grandi autour des déchets humains ; on peut apercevoir entre les puissants troncs des carcasses métalliques de voitures, dont certaines atteignent les cimes. Je suis époustouflée par l'horreur qui se dépeint devant moi. Nous sommes encore dans la ville, comme en témoignent les décombres des immeubles que la végétation a terminé de terrasser, mais il y a une démarcation claire et je ne peux m'empêcher de me demander à nouveau si je ne viens pas de quitter un lieu à haute radioactivité.

L'endroit me fait froid dans le dos, les belles enseignes autrefois pimpantes des grands restaurants et magasins pendent tristement, bouffées par la rouille et parfois rendues illisibles par des lianes qui semblent grimper partout. Le sol est bétonné par endroits, là où les racines des arbres ne sont pas encore venues détruire ces vestiges d'humanité. La seule chose qui m'étonne est l'absence totale de feuilles mortes sur le sol, mais comme Chasseur marche en silence devant moi, je n'ose profaner l'endroit de ma voix pour lui en demander la raison.

J'ai du mal à me déplacer dans ces lieux, je garde les yeux rivés au sol pour ne pas tomber, mais les branches basses s'accrochent à mes cheveux et m'éraflent le visage. De ce fait, je ne me rends pas tout de suite compte que nous entrons dans un bâtiment. En apercevant le carrelage morcelé à mes pieds, je relève la tête pour découvrir un immense dôme, une structure d'acier rongée par la rouille. Ce devait être une verrière à une époque, mais ce n'est plus le cas, puisque des arbres dépassent largement le dôme. Au vu des escaliers mécaniques et des nombreuses vitrines détruites, j'en déduis que je suis dans un centre commercial. La structure semble tenir, mais je sais que ce n'est qu'une illusion et qu'elle pourrait s'effondrer à n'importe quel moment. Je commence à mieux comprendre le silence de Chasseur.

Entre deux arbres, j'aperçois ce qui a dû être un mannequin presque entièrement fondu, c'est une vue cauchemardesque, et je presse le pas pour ne pas me faire distancer. Je n'aime pas cet endroit, mais je me rassure en me disant que s'il y a une forêt, il est possible que le Sanctuaire ne soit pas loin. Il me suffit de le trouver, d'y aller et je pourrai enfin vivre paisiblement jusqu'à la fin de ma vie et oublier toute cette aventure.

On sort du centre commercial et on marche encore longtemps, alors que la lumière décroît peu à peu.

Soudain, un hurlement majestueux, comme un chant terriblement angoissant, résonne dans toute la forêt. Surprise, je regarde autour de moi, m'attendant presque à découvrir un animal fait de crocs et de fourrure prêt à nous égorger, mais rien. Chasseur en revanche jette un coup d'œil au ciel, où de gros nuages s'amoncèlent.

— Il va pleuvoir on dirait, je chuchote.

— Cours, rétorque-t-il m'attrapant la main pour m'entraîner à sa suite.

Quoi ? Encore !

Mais courir dans les bois est encore plus dur que courir sur les routes défoncées de la ville fantôme. Je ne cesse de trébucher sur les racines traîtresses qui jaillissent du sol sans que je les voie.

— Plus vite, Étoile ! me presse Chasseur en me montrant du doigt ce qui semble être un escarpement, peut-être une petite montagne.

Je ne comprends pas pourquoi il veut qu'on coure, aucun prédateur ne nous poursuit, ou alors je ne l'entends pas, d'ailleurs plus aucun bruit autre que nos pas précipités et notre respiration sifflante ne vient troubler le calme de la forêt. La pluie commence à tomber derrière moi lorsque nous atteignions enfin la falaise. J'aperçois une faille juste assez large pour nous permettre de nous y faufiler de profil. Un frisson d'inquiétude me saisit, il doit y avoir plein de petites bêtes là-dedans…

— Entre, Étoile, vite ! ordonne Chasseur alors que les premières gouttes de pluie nous tombent dessus.

Et je comprends en sentant une brûlure sur ma peau que ce n'est pas simplement de l'eau de pluie. Sans plus réfléchir, je me glisse dans le trou, m'écorchant la joue sur une rugosité. Il fait si noir que je n'y vois rien, je ne sais pas où je vais, je me sens oppressée par les parois étroites de la grotte et j'ai l'impression qu'elles se resserrent contre moi.

— Continue d'avancer.

Je n'ai jamais été claustrophobe, mais il semblerait que je ne vais pas tarder à le devenir. Je me glisse difficilement entre les parois et bénis ma combinaison qui me protège des pics acérés qui en dépassent. Très rapidement, cependant, les murs s'écartent et je me retrouve dans ce que je suppose être une grotte. En fait, je n'en sais rien, car il fait si noir qu'à peine je m'éloigne du mur, je me perds.

— Chasseur ?

Je m'inquiète, je ne l'entends plus.

— Je suis juste derrière toi, Étoile. Ne bouge plus, le sol est traître, par ici.

Je l'entends tâtonner quelques secondes avant qu'il ne trouve ce qu'il cherchait et une minute plus tard une douce lueur illumine la grotte. Chasseur tient une torche, qui éclaire son visage et fait danser sur la pierre des ombres inquiétantes.

Finalement, je préférais peut-être quand il faisait noir.

— Il ne faut pas rester ici, prévient-il en pointant du doigt une flaque qui commence à s'infiltrer sur le sol.

Avec sa torche, il illumine une paroi où j'aurais pu me cogner si j'avais fait un pas de plus. Je comprends qu'il veut que je grimpe.

— Je n'y arriverai pas, je proteste.

Les endroits où la pluie m'a touchée commencent à brûler, c'est douloureux, et j'ai l'impression que mon corps entier va tomber en miettes si je tente de nouvelles acrobaties aujourd'hui.

— Allez, Fille Étoile, tu n'es pas tombée sur Terre pour finir en bouillie à cause de trois gouttes d'acide ! râle Chasseur en m'attrapant par la taille. Je vais t'aider.

Il me soulève comme si je ne pesais rien et je n'ai d'autre choix que de m'agripper à la paroi.

— Grimpe ! encourage-t-il en me poussant vers le haut.

Alors je grimpe. Une odeur âcre me parvient et je comprends que l'acide a commencé à ronger la pierre. Je réalise très vite que la paroi n'est pas très haute et qu'elle débouche sur une espèce de plateau. J'entends Chasseur jurer en bas avant qu'il ne commence lui aussi à grimper après m'avoir passé la torche.

Quand il me rejoint, j'essaie de la lui rendre et c'est là que je m'aperçois à la lueur du feu qu'il est bien plus amoché que moi. Son bras entier est constellé de petites tâches qui le grignotent peu à peu et la semelle en caoutchouc de sa chaussure est complètement fondue. Il ne perd pas une seconde et se dirige vers le fond du plateau.

— Éclaire-moi, ordonne-t-il.

J'obéis et je le vois se saisir d'une sorte de tuyau en bambou qu'il oriente sur son bras blessé. Soudain, de l'eau claire et cristalline en coule et se déverse sur la brûlure. Mes cours de physique et chimie élémentaires me reviennent et je sors de ma trousse de secours les boîtes d'eau en bouchée et le kit contre les brûlures. J'écrase contre ma main constellée de brûlures une bouchée d'eau avant de sortir tout le matériel pour me soigner. Mon visage me fait mal aussi, mais je ne peux pas me soigner seule. Chasseur me regarde bizarrement.

— De l'eau carrée… marmonne-t-il avant de secouer la tête, comme s'il estimait que venant de moi, rien ne peut être surprenant. Puis, il attrape une gourde vide, la remplit avec de l'eau et il remonte le tuyau, faisant cesser l'écoulement.

— Tu es brûlée au visage, commente-t-il en me faisant pencher la tête en arrière.

Il commence à verser l'eau froide et un soupir de soulagement m'envahit alors que la brûlure s'atténue. Il verse l'entièreté de sa gourde, je sens l'eau glisser dans mon cou et sur mes cheveux, mais je n'y prends pas garde. Puis en silence, nous terminons de soigner les brûlures avec une crème et des bandages. Il m'aide pour mon visage, alors je l'aide pour son bras. Je m'en veux un peu, si je n'avais pas tant rechigné, sa blessure aurait été moins grave.

Il n'a pas l'air de s'en soucier outre mesure et commence déjà à s'agiter autour de moi pour récupérer des choses cachées dans de grands coffres en bois. À la lueur de la torche, j'observe l'étrange endroit où nous nous trouvons. Il semble que ce ne soit pas qu'une simple grotte. Le plateau est suffisamment grand pour que cinq ou six personnes s'y sentent à l'aise. Un coffre en bois sculpté que Chasseur fouille est collé dans un coin, et juste à côté il y a une couchette faite de peau animale. À première vue, on dirait de l'ours, mais je ne suis pas sûre, car je n'ai jamais eu l'occasion de voir un ours de près. Alors que je m'approche pour m'y asseoir, je remarque qu'elle est incroyablement douce et qu'elle porte une odeur qui me pique le nez et emplit mes poumons et ma bouche, semblable à celle de la torche de Chasseur mélangée à la poussière du dehors. Je n'ai jamais rien senti de tel, pourtant ça m'enchante. Elle est bien plus agréable que celle des produits nettoyants ou autres antiseptiques qui ont rythmé ma vie jusqu'alors.

Malgré moi mon regard dérive de nouveaux vers Chasseur. Il s'est débarrassé de sa grosse fourrure et a changé de tenue. Il ne porte désormais plus qu'un pagne. Je ne me suis jamais retrouvée aussi proche d'un homme à moitié nu, et même si je sais que c'est mal, je suis fascinée par le mouvement de ses muscles dans son dos qui semblent faire galoper un tatouage blanc et rudimentaire de biche sur son épaule. Je remarque aussi un étrange pendentif autour de son cou.

— Qu'est-ce que c'est ? je demande en désignant le petit cylindre noir.

Il lance un regard curieux à l'objet.

— C'est un éclair en boîte.

Je le dévisage quelques secondes avant de comprendre. Une pile ! Évidemment ! C'est une pile.

— Pourquoi tu portes ça ?

— Mon père est un Chasseur d'éclairs, c'est un cadeau. Il y a tellement d'éclairs là-dedans, que je pourrais éclairer tout le village juste avec ça !

Enfin Chasseur semble trouver ce qu'il cherchait, et il se retourne vers moi tout sourire en brandissant... des morceaux d'animaux morts. Une grimace de dégoût m'échappe, interrompant notre conversation.

— On ne va pas manger ça ! je m'exclame avant de poser vivement mes mains devant ma bouche en réalisant mon impolitesse. Je veux dire... c'est que... je ne mange pas de viande, je balbutie alors que l'homme s'assoit lourdement face à moi.

— Que mangent les étoiles si elles ne mangent pas de fourrure d'argent séchée ? s'étonne-t-il en posant les lanières de viande entre nous.

Il en prend une et la dévore sans se soucier de mon inconfort. Sa quasi-nudité me gêne, je ne sais pas où poser mes yeux alors je commence à fouiller dans ma trousse de secours pour me saisir d'un flacon de pilules protéinées. Une nourriture d'être civilisé.

— Je ne suis pas une étoile, et je mange ça.

Je lui tends une pilule au centre de ma paume, il l'attrape, la dévisage avec curiosité, va jusqu'à la renifler avant de me la rendre, boudant mon repas.

— Drôle d'insecte, pas très nourrissant, Étoile va être toute maigrichonne à manger ça.

Une moue m'échappe.

— Ce sont des pilules, elles sont pleines de protéines et très nourrissantes.

D'un simple regard, il me fait clairement comprendre qu'il ne me croit pas.

— Étoile fait ce qu'elle veut, mais si Étoile demain est fatiguée, Chasseur ne la portera pas.

— Étoile n'aura pas besoin d'être portée ! je m'exclame, agacée par ses préjugés.

Il semble s'en rendre compte, car il termine de manger en silence avant de se lever pour récupérer quelques branches d'un tas et les empiler au centre du plateau. Avec l'aide du flambeau qui commence à faiblir, il embrase les brindilles.

— Haha ! s'exclame-t-il avec joie. Chasseur maîtrise le feu ! Étoile sait aussi maîtriser le feu ? demande-t-il.

Je secoue négativement la tête. On ne faisait pas de feu sur l'Arche, ça brûlait trop d'oxygène et on n'en avait pas l'utilité. Pourtant, ici, je suis contente que la chaude lueur qui s'en dégage illumine la grotte sombre où nous sommes et réchauffe l'air qui s'est soudainement refroidi.

Il m'offre un immense sourire, comme s'il était content de m'impressionner, et malgré moi je rougis.

— Bien, maintenant, Étoile va dormir et Chasseur garde une oreille attentive.

Je ne proteste pas. Étonnamment je lui fais confiance, je sais qu'il me protégera pendant la nuit. Alors, je me blottis sur la grosse fourrure, ramenant sur moi une seconde couverture sortie du coffre. Je suis tellement épuisée par ma journée que je m'endors en quelques minutes.

CHAPITRE 5

Terre, 3 janvier 3021, début de journée.

À mon réveil, Chasseur n'est plus là.

Je me lève en sursaut, ravivant les douleurs dans mon corps, inquiète. J'essaie de percevoir dans la pénombre de la grotte – qui n'est plus éclairée que par les cendres rougeoyantes de la fin du feu – un indice m'indiquant que je ne suis pas seule.

Mais rien.

A-t-il décidé que finalement, je ne vaux pas le coup ? Est-il parti sans moi ? M'a-t-il abandonnée ? À cette idée, la panique me prend à la gorge, mais je n'ai heureusement pas le temps de faire une crise d'angoisse, puisqu'un bruit m'indique que quelqu'un grimpe. Je me surprends à être soulagée quand j'aperçois la tête souriante de Chasseur.

— Étoile est enfin réveillée ! J'aurais dû t'appeler Marmotte.

Mes jambes flanchent et je me laisse retomber sur la couverture en peau alors qu'il se hisse sans difficulté sur la plateforme.

— Chasseur a trouvé le petit-déjeuner ! déclare-t-il très content de lui.

Il me jette une bourse de la main gauche, tenant un animal dans l'autre main. Mes réflexes sont mauvais, alourdis par la pesanteur, et je réagis une seconde trop tard : la sacoche vient s'écraser contre mon torse.

— Ah… commente Chasseur d'un air moqueur. Étoile met un peu de temps à se réveiller, visiblement.

Je laisse malgré moi échapper une grimace mécontente en ouvrant le paquet. Il est rempli de petits fruits rouges et violets.

— Si Étoile ne mange pas de viande, peut-être qu'elle mange des fruits, commente-t-il avec espoir.

J'ai déjà vu des fruits, peints à l'aquarelle dans des livres d'images, quand j'étais enfant, mais ça n'a rien à voir avec les petites baies colorées qui roulent hors du sachet pour venir tomber sur mes jambes et tacher ma combinaison de leur jus pourpre.

— Allez, Étoile, nous partons bientôt. Longue marche nous attend, il faut prendre des forces.

Je prends entre mes doigts un des fruits. Sur l'Arche, nous ne mangeons que des pilules, contenant tous les nutriments dont le corps a besoin. Au Sanctuaire, il était prévu que ce régime alimentaire perdure, car les robots avaient tenté de faire pousser fruits et légumes, en vain. Ils n'étaient pas assez sensibles pour déterminer quoi faire quand, et un simple algorithme ne pouvait pas s'occuper d'êtres vivants.

Il n'existait qu'un seul arbre sur l'Arche. Un pommier millénaire qui aidait à renouveler l'air, au même titre que les machines. Mais il était bien entendu interdit d'en manger les fruits, et je n'ai moi-même jamais eu accès à cette partie du vaisseau, puisque j'ai grandi confinée dans mes appartements.

Je porte la baie à mes lèvres, me demandant quel goût elle peut bien avoir… mais au dernier moment, je me ravise. Ce n'est pas mon monde, un seul fruit pourrait me tuer, j'ignore ce que mon organisme peut ou ne peut pas ingérer. Il faut que je rentre saine et sauve au Sanctuaire. Je laisse tomber le petit fruit dans la sacoche et sors mes pilules.

— Je ne mange pas de fruits non plus, je déclare en ingérant deux petites capsules qui se dissoudront dans mon estomac et m'apporteront l'énergie nécessaire à une journée de marche.

En voyant la tête que Chasseur fait, je comprends que mon geste l'a blessé. Je m'en veux un peu, mais il ne me laisse pas le temps de m'expliquer. Il ramasse ses affaires, cache l'animal qu'il a probablement tué ce matin dans des sortes de feuilles qu'il enfouit sous les braises de notre feu, puis il me fait signe de venir et disparaît dans le ravin.

En pinçant les lèvres, je rassemble vite mes affaires et commence à mon tour à descendre. Mon corps entier proteste, il n'a pas l'habitude d'être aussi mal traité et les blessures de mon accident se rappellent douloureusement à moi. Qu'est-ce que j'aurais donné pour une heure dans les tubes de soin où des ondes régénératrices auraient fait taire la douleur en un rien de temps…

Au Sanctuaire, il y a ce genre de tube.

— Chasseur, j'appelle en arrivant en bas, après m'être considérablement écorché les mains.

Heureusement, ma combinaison ultra performante a protégé mes genoux et le reste de mon corps des escarpements de la roche.

Je ne le vois nulle part dans la grotte, mais il fait si sombre qu'à part l'entrée je ne vois rien de toute manière, alors je me glisse dans l'intersection jusqu'à l'extérieur. Il est là, il m'attend.

— J'ai cru que tu étais parti sans moi, je lui avoue.

Il ne répond pas et me fait simplement signe de le suivre. Je crois qu'il est en colère contre moi, mais je n'arrive pas à comprendre pourquoi, alors je le suis. Il marche vite, comme s'il connaissait la forêt par cœur, et je dois courir pour le rattraper. Je suis surprise de voir que tout est sec. Après la pluie d'acide, je m'étais attendue à ce que le liquide stagne en flaques, mais pas du tout. Les arbres, dépourvus de feuilles, comme si elles avaient toutes fondu, tendent leurs doigts noueux vers le ciel, rendant le lieu lugubre.

— Chasseur, il faut que je te demande… je commence en l'attrapant par le bras.

Il me lance à peine un regard.

— Je viens du ciel, comme tu as pu le constater, mais je n'ai pas atterri au bon endroit. Toi qui connais bien le coin, est-ce que tu ne saurais pas où je peux trouver le Sanctuaire ?

— Fille Étoile parle un charabia que je ne comprends pas.

Je me retiens de jurer ! J'oublie que son anglais est différent du mien. Il faut que je réapprenne ce vieux langage que je n'ai vu que dans les livres anciens que la Commandante téléchargeait sur ma tablette pour mon éducation.

— Je ne suis pas chez moi, je veux rentrer à la maison ! Je cherche un grand dôme de verre et de métal, avec des habitations…

J'essaie au mieux de lui décrire le Sanctuaire, mais tout ce que j'en connais sont les photographies montrées pour mes études. J'ignore s'il ressemble en réalité à ça…

— Chasseur emmène Fille Étoile à son village. Là-bas, il y a des habitations.

Je pousse un cri de frustration. Quel homme buté ! Mais je prends mon mal en patience : peut-être que là-bas quelqu'un pourra m'indiquer mon chemin. Un dôme de verre, ça ne passe pas inaperçu, tout de même !

De nouveau, l'idée d'avoir atterri au Groenland m'inquiète, mais je me rassure vite : il n'y a pas d'arbres là-bas, alors je suis forcément aux États-Unis. Puis, mes cours de géographie me reviennent, et je me souviens que c'est grand, les États-Unis. Même après avoir été à moitié dévorés par les flots, ils restaient une terre de plusieurs milliers d'hectares et moi, je peux me trouver absolument n'importe où !

On marche longtemps, et Chasseur ne ralentit pas le rythme, peu soucieux du nombre de fois où je me prends les pieds dans des racines d'arbres et manque de m'écrouler. Mon corps continue de me faire souffrir et j'ai peur d'avoir des blessures graves. Une heure après mon départ je reprends une pilule, en réalisant que l'apport énergétique n'est pas suffisant pour l'acte physique auquel je me livre. J'ai l'impression que la gravité est une chape de poids sur mes épaules, et l'air est si chaud et sec que j'étouffe. Heureusement, le régulateur de température de ma combinaison n'a pas été endommagé durant l'accident, et je reste donc au frais. Le cas échéant, je ne donnerais pas cher de mes organes vitaux.

— On est bientôt arrivés à ton village ? Chasseur, j'ai mal aux pieds !

— Étoile aurait dû s'entraîner avant de venir se balader sur Terre, rétorque-t-il.

— Je ne suis pas venue me balader ! je m'énerve. Je me suis écrasée ! Écrasée ! Tu comprends ce mot ? C'était indépendamment de ma volonté ! À l'heure qu'il est je devrais déjà être en train de rencontrer les Adam et commencer à choisir celui avec qui je vais finir ma vie.

— Voilà qu'Étoile se remet à parler charabia, se moque-t-il.

— Je ne trouve pas ça drôle, je râle en me remettant à trottiner pour revenir à sa hauteur. Et

Chasseur marche trop vite ! Étoile a des petites jambes, je lui signale !

Oh ! Voilà que je me mets à parler comme lui ! Misère ! Peut-être que l'oxygène n'est pas assez présent dans l'air ? Je délire totalement. Cette situation m'exaspère, je veux rentrer au Sanctuaire, je veux entendre la voix de la Commandante m'assurer que tout va bien se passer, je veux reprendre le cours de ma vie, normalement, en sécurité, sous le dôme de verre. Je me sens sale, aussi ! Qu'est-ce que je donnerais pour une toilette sèche. Passer une heure dans une cabine d'air chaud à laver mon corps avec des lingettes désinfectantes. Le bonheur ! Mon corps et ma combinaison doivent être recouverts de micro-organismes, quelle horreur !

Soudain, une créature surgit des fourrées et un hurlement m'échappe. L'animal se fige face à nous. C'est une biche… avec une fourrure argentée. Dieu du ciel. Elle nous regarde un instant et je sens Chasseur hésiter derrière moi. Puis un bruit l'effraie et elle détale.

— C'était…

— Une fourrure d'argent, oui, sourit Chasseur.

— J'allais dire une biche…

On se remet en route, mais la biche me reste en tête. Sur le chemin, on croise des petits animaux, mais depuis que je sais que le gorille mange les humains et les araignées les gorilles, je ne suis pas rassurée. À tout moment je m'attends à voir surgir face à moi un animal qui cherchera à me dévorer.

La Terre est bien loin d'être aussi hospitalière que la Commandante le disait.

Je me plains à voix basse, pestant sur tous les obstacles que je rencontre, quand soudain, Chasseur m'attrape et pose une main sur ma bouche pour me faire taire. Surprise, je songe un instant qu'il fait ça juste pour que je me calme, mais il presse sa bouche contre mon oreille, tout son corps tendu.

— Chut, ne fais pas de bruit, reste calme, et surtout, ne panique pas.

Drôle d'idée de demander à quelqu'un de rester calme lorsqu'on s'apprête à lui montrer un truc absolument terrifiant.

Face à moi, sort soudain des bois l'animal le plus grand que j'aie jamais vu. Sachant que je n'avais encore jamais vu d'animaux avant de mettre les pieds sur cette planète désastreuse. Deux mètres de haut au garrot au moins, un museau allongé, une épaisse fourrure blanche recouverte de terre, de cette mousse qui pousse partout et… de fleurs ? Les plantes semblent prendre racine à même sa fourrure, comme un mini-écosystème. Ses yeux de glace nous fixent et un souvenir me revient. C'est un loup… un loup étrange, mais un loup tout de même.

— Pardonne-nous ne nous être introduits sur ton territoire, Gardien, s'écrie Chasseur.

Sa voix forte me fait sursauter alors qu'il m'incite à m'accroupir sans cesser de faire pression sur ma bouche.

— Nous sommes Paix, tes proies sont en sécurité, nous n'y toucherons pas, poursuivit-il.

Le loup nous observe en silence, calme et gracieux, et je comprends vite que c'est lui le maître de ce territoire que l'on traverse. Il ne craint personne chez lui.

Comme s'il avait décidé que nous n'étions pas une menace, il cligne lentement des yeux avant de tourner son immense gueule, et des bois derrière lui sort un deuxième loup, plus petit, qui lui donne un coup de langue. Sa compagne, je comprends. Suivit de cinq petits, gros comme des chiens. Enfin, gros comme les chiens que j'ai rencontrés dans les livres. Fascinée, j'observe la petite famille se fondre dans les bois, leur fourrure blanche couverte de plantes les faisant vite disparaître, comme s'ils vivaient en parfaite cohabitation avec la nature qui avait enfoui ses racines dans leurs poils.

La main de Chasseur glisse de ma bouche, mais je suis incapable de me relever.

— C'est extraordinaire, je chuchote.

Une découverte fabuleuse ! J'imagine déjà tout ce que je pourrais apprendre de ces créatures qui semblent régner en maître sur les hommes natifs, sachant que les humains les chassaient par pure haine à une certaine époque.

— Allez Étoile, nous sommes presque arrivés. À moins que tu ne comptes remonter dans le ciel, tu auras l'occasion de voir d'autres Gardiens. Toute la terre leur appartient, nous ne sommes que des invités, et ne chassons que lorsqu'ils nous y autorisent.

Je le regarde, surprise.

— Vous attendez l'autorisation d'un loup pour chasser ? je m'étonne.

Il me lance un regard sévère.

— Les Gardiens sont bien plus que de simples loups, ils gardent l'écosystème de nos forêts intact. Depuis des siècles, ils indiquent à mon peuple les proies que l'on peut chasser, les cours d'eau où l'on peut boire, ils nous préviennent quand l'acide tombe du ciel. Les Gardiens nous offrent leur protection. Jamais nous ne prendrions le risque de les contrarier : sans eux, mon peuple disparaîtrait en quelques dizaines de saisons.

— Je suis désolée, je ne voulais pas te contrarier… je marmonne.

Vénérer des animaux me paraît absurde, bien sûr, mais il a l'air de tellement y croire… Je ne connais rien de ce monde, peut-être que c'est monnaie courante ici, après tout.

Nous avançons plus encore. Petit à petit, je réalise que de nouvelles feuilles ont poussé sur les branches des arbres, comme si, à cause de l'acide, toute la flore de la forêt avait dû apprendre à pousser, grandir et vivre plus vite. Le sol quelques temps auparavant nu, se pare à nouveau d'herbes folles et de petites plantes.

Le cycle de la vie réduit à quelques heures. Je suis fascinée.

— Chasseur !!! hurle soudain une voix aiguë.

Je sursaute, et quelques secondes plus tard une fillette se balançant au bout d'une liane percute le jeune homme de plein fouet, et ils s'écroulent tous deux au sol.

CHAPITRE 6

Terre, 3 janvier 3021, fin de journée.

— Fille Araignée ! grogne le jeune homme en tentant de reprendre son souffle.

— Est-ce que tu as trouvé l'étoile qui est tombée du ciel ? Tu en as mis du temps à revenir ! Oh ! Mais tu es blessé ? C'est la pluie acide qui a fait ça ? C'est trop cool !

Je dévisage la petite sauvageonne au train de parole intarissable qui noie littéralement Chasseur sous une tonne de questions sans lui laisser le temps de répondre et sans même remarquer ma présence.

— Du calme ! Du calme ! Fille Araignée ! Je ne peux pas répondre à toutes tes questions en même temps, s'amuse Chasseur.

Je m'aperçois alors que plusieurs personnes nous ont rejoints. Certains sont perchés dans les arbres, parmi lesquels je distingue des habitations, qui m'avaient jusqu'alors échappées. Des cabanes dans des arbres, ça alors ! Le peuple de Chasseur lui ressemble grandement : ils portent tous des fourrures et des tuniques brunes, leur peau est abîmée par une trop forte exposition au soleil, leurs cheveux sont noirs et ils me dévisagent avec beaucoup de curiosité.

— Vous tous ! reprend Chasseur plus haut, s'adressant à tout son peuple. Comme me l'a demandé Sagesse, je suis allé au-delà de la forêt de bois, au cœur de la forêt de fer, j'ai trouvé et ramené l'étoile qui est tombée du ciel.

Tous le dévisagent avec admiration.

— Montre-la nous, Chasseur ! réclame Fille Araignée. Est-ce qu'elle brille encore ?

Chasseur grimace avant de tendre la main vers moi. Je me fige.

— Je vous présente Fille Étoile, elle est tombée du ciel !

Une vague de surprise secoue l'assemblée et pour la première fois la gamine me dévisage avec un soupçon de déception.

— Elle ne ressemble pas à une étoile…

— Chasseur ! J'espère pour toi que tu n'as pas volé une femelle d'un autre clan, râle un vieillard qui se déplace incroyablement facilement dans les arbres.

— Tu veux dire, de la même manière que tu m'as volée au mien ? rétorque une vieille avec une affection manifeste.

— Non ! Jamais ! Je l'ai pistée depuis son lieu de chute, les Mangeurs de Chair l'ont poursuivie et je l'ai sauvée de justesse.

— Es-tu vraiment une étoile ? me demande une jeune femme en me dévisageant de très près.

Je sursaute.

— Non ! Je ne suis pas une étoile !

Nouvelle exclamation du public.

— Mais tu viens bien du ciel ? veut s'assurer la jeune femme.

J'hésite, mais le mensonge ne fait pas partie de mon éducation, alors je suis bien obligé de répondre.

— Oui, mais c'est plus compliqué que ça…

— C'est une étoile ! conclut la jeune femme.

Seule mon éducation irréprochable m'empêche de pousser un cri de frustration. Ce qu'ils sont butés !

— Fille Étoile et Chasseur ont fait très long voyage, déclare la femme au peuple. Sagesse ordonne aux frères et sœurs de vaquer à leurs occupations. Je m'occupe de notre étoile.

J'ouvre, puis ferme la bouche, surprise.

— C'est toi, Sagesse ? je m'étonne.

C'était elle qui avait ordonné à Chasseur de venir me chercher ? Elle ne semble en rien à une femme de pouvoir, ni même à un quelconque sage d'ailleurs. Elle doit avoir quoi… quinze ans de plus que moi ?

— J'ignore comment cela se passe chez les étoiles, mais ici, l'âge ne fait pas le titre, et j'ai démontré ma sagesse à bien des reprises depuis ma naissance. Ce titre me revient de droit, de la même manière que ton Chasseur a prouvé sa vaillance chaque jour depuis qu'il en a l'âge, explique-t-elle en me prenant la main.

La surprise se lit dans son regard, et elle laisse courir ses doigts le long de mon bras.

— Quelle peau étonnante… murmure-t-elle avec curiosité.

— Ce n'est pas ma peau, la contredis-je immédiatement. C'est ma combinaison.

Elle plisse ses yeux gris en me dévisageant.

— Com…bi-naison ? répète-t-elle, incertaine.

Je comprends qu'elle ne connaît pas ce mot.

— C'est mon vêtement, comme ta tunique, là. J'appelle ça une combinaison, je lui explique.

— Les étoiles portent donc des combinaisons par-dessus leur peau, quelle drôle d'idée !

La femme, qui est à peine plus petite que moi, se dresse sur la pointe des pieds pour examiner mon visage.

— Tu nous ressembles un peu… même couleur de peau, même couleur de cheveux… tes yeux sont bizarres.

J'écarquille lesdits yeux, surprise.

— J'ai des gènes asiatiques, c'est pour ça qu'ils sont un peu en amande, j'explique.

Mais à sa tête, je vois qu'elle ne comprend rien.

— Fille Étoile parle charabia, s'amuse-t-elle. Décidément.

— Je ne m'appelle pas Fille Étoile ! j'interromps. Je m'appelle Eve18.

— Evedizuit ? Quel drôle de nom !

— Pas plus que Sagesse !

— Mon nom au moins veut dire quelque chose.

— Non, mais je rêve !

Sagesse glousse, et soudain, elle a l'air de faire son âge.

— Tu n'es pas vraiment une étoile, s'amuse-t-elle.

— Tu le savais déjà quand tu l'as dit à tout le monde.

— Oui, tu ne trompes personne, mais j'ai demandé à Chasseur de me ramener l'étoile tombée du ciel, et c'est toi, l'étoile tombée du ciel, alors Fille du Ciel, tu es ici la bienvenue.

Elle m'offre un sourire empli de douceur et me prend par la main pour me guider vers le village. Il est perché dans les arbres, et pour y accéder, il faut emprunter une échelle. Mon corps proteste d'avance à l'idée d'être de nouveau malmené, mais je grimpe tout de même à la suite de Sagesse. Les habitations sont étonnantes ; composées de bois et de feuilles, elles semblent simplement posées entre les branches des arbres et sont interconnectées à l'aide de passerelles qui ont l'air terriblement précaires, ou de simples branches. Pourtant, des hommes bien plus lourds que moi les traversent en courant, alors je me sens un peu en sécurité. Il ne m'est pas difficile de voir le schéma sur lequel est bâti la petite ville. Un immense arbre millénaire accueille ce qui semble être le centre névralgique du village. De lui partent plusieurs passerelles qui mènent à des groupes d'habitations et en entendant les natifs parler entre eux, je comprends vite qu'ils sont organisés par familles.

Un peu naïvement, je me demande si le Sanctuaire sera aussi paisible.

— Sagesse, j'ai quelque chose à te demander.

La jeune native me lance un regard par-dessus son épaule en s'engageant sur une branche couverte de mousse.

— Pose tes questions, Fille Étoile, j'y répondrai avec plaisir, ce n'est pas tous les jours que l'on croise une fille tombée du ciel.

Malgré moi, je souris. Je ne croise pas non plus des terriens tous les jours. Et pour cause, ils ne sont pas censés exister. Je me demande si la Commandante le sait.

Probablement pas, je décide, elle n'aurait jamais pu cacher une telle information. J'ai hâte de le lui dire. Des humains, des vrais humains, avec qui on peut probablement se reproduire, et qui savent comment vivre sur Terre. À l'idée de tout le savoir qu'ils peuvent m'apporter, je reste songeuse. Il y a tant de choses nouvelles à apprendre, des lignes d'Histoire à rajouter, je me sens exaltée !

— Je viens bien du ciel, Sagesse, d'un vaisseau spatial appelé l'Arche, et conçu pour accueillir tous les humains de la Terre pour des millénaires, en orbite autour de notre planète.

— Fille Étoile parle charabia, prévient Sagesse.

— Je sais que tu ne comprends pas, tout ce que tu dois comprendre, c'est que je n'ai pas atterri au bon endroit. J'aurais dû arriver au Sanctuaire… c'est hum… un grand dôme de verre et de fer, est-ce que tu sais où il est ? Il faut que j'y retourne.

Le visage peinturluré de Sagesse se ferme soudainement.

— Nous sommes arrivées dans ta cabane. Tu peux y résider autant de temps qu'il te chante, pose ici sans crainte des affaires, je te mènerai ensuite à la rivière pour que tu puisses te laver et changer de vêtement. Tu es blessée… j'enverrai une guérisseuse ! Ce sera plus simple de te traiter sans ta peau et quand tu auras lavé la crasse et le sang.

Je comprends sans difficulté qu'elle ne veut pas me répondre, mais ça ne m'arrange pas.

— Sagesse, j'ai besoin de savoir où se trouve cet endroit.

Les lèvres pincées, elle me lance un regard très sérieux.

— Reste ici ce soir, Fille Étoile, une cérémonie en ton nom sera faite… et si toujours est ton désir d'aller là-bas, alors un chasseur t'y mènera.

Je sens l'espoir naître en moi.

— Alors tu sais où il est ? Il faut que j'y aille, c'est urgent !

— Demain. La nuit tombe vite, le lieu est trop loin.

Je vais devoir prendre mon mal en patience, mais le simple fait de savoir que bientôt je serai de nouveau en sécurité auprès des miens me rassure et me calme.

— Demain, alors, j'approuve.

Pourtant, un mauvais pressentiment s'empare de moi. Pourquoi Sagesse s'est-elle refermée ainsi en entendant évoquer le Sanctuaire ? C'est un endroit de paix, c'est ma maison…

— Allez Fille Étoile, la rivière n'attend pas.

CHAPITRE 7

Terre, 3 janvier, horaire inconnu.

L'eau de la rivière est glacée, elle fouette mon corps nu avec une violence inouïe et j'ai l'impression que mes membres vont se détacher de mon tronc.

Sagesse m'a laissée après m'avoir convaincue de retirer ma combinaison. Je m'en veux d'avoir brisé cette règle primordiale : on ne doit jamais retirer notre combinaison sans en avertir l'Arche au préalable. Dans le doute, j'ai quand même envoyé un message vocal, mais je ne pense pas qu'ils me reçoivent. Si ma combinaison émettait encore, alors maintenant ils pensent probablement que je suis morte.

Le pire, c'est que je ne peux pas la remettre rapidement. Sagesse a été stricte, après mon bain, la guérisseuse de leur clan m'attend, et pour me soigner, elle a besoin de voir mon corps.

Seule l'idée que je vais la remettre juste après me rassure. Ils penseront à un dysfonctionnement. Ils vont se faire un sang d'encre… mais c'est mieux que mourir pour de vrai parce qu'une de mes côtes aurait transpercé mon poumon.

Cette idée en tête, je me plonge toute entière dans le courant glacé ; l'eau me frappe le visage, s'insinue dans mon nez, ma bouche, mes oreilles et mes yeux. Quelle invention stupide ! Pourquoi se laver ainsi ? Mes cabines d'air chaud me manquent.

Je ressors vivement la tête en toussant après avoir bu la tasse. J'espère qu'il n'y a pas de maladies dans cette eau, je ne veux pas mourir.

Suivant les instructions de Sagesse, j'attrape l'éponge naturelle posée sur une pierre et gorgée de savon, et je me frotte activement le corps pour effacer la crasse et le sang. Ma peau, sensible et peu habituée à un traitement aussi sauvage, rougit sous l'effet de l'irritation. Mes côtes me font toujours souffrir et je me demande ce que leur médecine désuète va bien pouvoir faire pour régler ça.

Sortir de l'eau est un soulagement, l'air sec et chaud chasse rapidement le froid, et la grande fourrure que m'a prêtée Sagesse finit le travail.

La guérisseuse est là, et malgré moi, je resserre les pans de la fourrure pour protéger ma pudeur. Je n'ai jamais été prude, je ne comprends pas ce nouveau comportement. Dans l'Arche, Lewis m'examinait une fois par mois, et me dévêtir face à lui ne m'a jamais gênée, il est toujours resté strictement professionnel. Je m'approche tout de même de la native et m'assois sur le tapis tressé qu'elle a posé au sol, toujours enroulée dans ma fourrure.

La native, une femme d'âge mûr avec une tresse noir et gris, s'occupe d'abord de ma tête. Elle fronce les sourcils avec un air concentré, et à la douleur qui s'éveille soudain dans mon oreille, je comprends que c'est là que se concentre la plus grosse blessure.

Les larmes me montent aux yeux. J'ai rarement eu à faire face à la douleur, et celle-ci m'insupporte, j'ai un mouvement de recul lorsque je la vois s'approcher avec une pince.

— Fille Étoile a objet incrusté dans oreille blessée, râle-t-elle. Pas bouger.

Un objet… ?

Soudain, la douleur explose et je pousse un cri alors qu'elle arrache quelque chose et appuie une compresse alcoolisée contre la plaie. Le souffle me manque et je reste un instant courbée en deux, incapable de bouger. L'élancement finit par se calmer, mais mes yeux se voilent, alors je bats rapidement des paupières pour chasser la réaction physiologique de mon corps.

— Voilà, c'est enlevé.

Je regarde la source de toutes mes peines tomber dans ma main. Encore ensanglantée, l'oreillette incrustée dans mon oreille depuis des années, et qui me permettait d'entendre la salle de commandement de l'Arche, gît, détruite.

Je reste hébétée un instant, et la guérisseuse en profite pour soigner la blessure à l'arcade sourcilière que je me suis faite en me cognant contre ma trousse de secours. Puis elle bande les deux lésions en même temps.

Celle à l'oreille était la pire, et à côté, les ecchymoses et ma côte cassée passent pour des enfants de chœur. Elle bande mon flanc pour maintenir ma cage thoracique et me prescrit des plantes censées apaiser la douleur. Je n'y touche pas. Pour les hématomes, elle m'applique une crème, mais elle ne peut rien faire de plus.

La jeune native me donne aussi des vêtements avant de partir, mais je remets ma combinaison. La pression familière au niveau de mes poignets me rassure : si l'Arche me reçoit encore, mon rythme cardiaque leur est envoyé.

J'ai envie de hurler *je suis vivante !* J'aimerais qu'ils m'entendent, et qu'ils le sachent. Mais demain, je me rendrai au Sanctuaire et tout ça sera définitivement terminé. Cette idée en tête, je soupire.

Le temps de mon bain, la nature a repris ses droits sur la pluie d'acide qui l'a décimée. Le petit lac où Sagesse m'a menée, et qui ne payait pas de mine au départ, est de nouveau vert et somptueux. Je réalise qu'il n'est pas très loin du village et qu'il est tout de même bien protégé par de hauts arbres qui ont retrouvé toutes leurs feuilles, et par une cuvette de pierre et de terre qui aide au déversement d'une cascade, ce qui empêche probablement la stagnation de l'eau.

De hautes herbes folles ont poussé tout autour et de la mousse a grimpé sur les roches noires et brûlées, envahissant les troncs des arbres alentour, et donnant à ce lieu quelques minutes plus tôt inquiétant, un air de pays des fées.

J'essuie soigneusement mes courts cheveux noirs avec la partie encore sèche de la fourrure prêtée par Sagesse. Ça m'embêterait que l'eau abime les bandages propres. Je ne peux pas m'empêcher de me dire qu'à la caméra, ces épis seront très laids, mais je n'ai aucune brosse à cheveux sur moi pour arranger ça. Cette idée me fait glousser : comme s'il y avait une caméra ici pour filmer mes actions…

À cette idée, je me fige. Aucune caméra… Personne pour observer mes faits et gestes, personne pour critiquer mes imperfections, personne pour me rappeler que j'aurais déjà dû être au Sanctuaire en train de choisir mon Adam. Pendant une seconde, je l'avoue, je goûte à ce sentiment de liberté. Mais ma culpabilité revient vite : mon devoir est d'être auprès des miens. Des centaines de milliers d'êtres humains sont restés bloqués dans l'Arche, c'est mon *devoir* de saluer leur sacrifice en faisant ce pour quoi je suis destinée. Et quel destin ! Être heureuse et avoir des enfants avec un homme génétiquement parfait dans un endroit protégé où je serai choyée, nourrie et en sécurité, jusqu'à la fin de mes jours. Libre de courir, de danser, de hurler dans d'immenses espaces verts, avec un air pur régénéré non pas par des machines mais par des arbres, des vrais, alors que mes compatriotes doivent vivre dans des boîtes.

Je ferme doucement les yeux en souriant. Je suis incroyablement fière d'être une Eve. C'est un honneur d'être née pour cette tâche et je l'accomplirai la tête haute. La Commandante serait fière de moi si elle m'entendait penser. Je me mordille la lèvre inférieure. Demain. Demain je retournerai au Sanctuaire, un natif m'y guidera, parce qu'il faut que je mette toutes les chances de mon côté pour arriver saine et sauve. Et si le Sanctuaire est trop loin pour l'atteindre aujourd'hui, un jour de plus ce n'est pas dramatique, sur l'échelle de toute une vie.

Quand j'ouvre les yeux, je sursaute. Chasseur se tient près de moi, son visage rustre à quelques centimètres du mien. Il me dévisage avec curiosité.

— Étoile ne devrait pas fermer les yeux, commente-t-il. Sauf si Étoile pense qu'elle est une proie… ?

Malgré moi, je rougis.

— Je ne suis pas une proie, j'affirme.

— Comment Étoile pense-t-elle pouvoir voir les prédateurs si elle garde les yeux fermés ? insiste-t-il en tapant son doigt sur mon front.

J'ouvre puis ferme la bouche, en réfléchissant sérieusement à la question. Puis finalement, une réponse me vient.

— Chasseur les verra venir pour moi ! je rétorque.

Il a soudain un mouvement de recul et son visage s'embrase. Stupéfaite de voir mon compagnon de route perdre tous ses moyens, j'essaie, en vain, de comprendre ce qui l'a mis dans cet état.

— Ou alors Chasseur laissera Étoile se faire dévorer, marmonne-t-il finalement avant d'attraper mon poignet. Sagesse attend Étoile pour la préparer. Nuit va bientôt tomber, signale-t-il en m'entraînant à sa suite.

Je ne proteste pas. Je trouve son contact rassurant, même si je sens à peine sa main à travers la manche de ma combinaison.

Quand on arrive aux abords du village, un second changement me frappe. Des fleurs. Des fleurs ont poussé partout sur les arbres et les habitations. De belles grosses fleurs rose pâle qui laissent s'échapper une odeur… étonnante. Que je n'ai jamais sentie de toute ma vie. Mon nez en est presque agressé et pourtant je voudrais en remplir mes poumons habitués aux antiseptiques, et ne jamais cesser de la sentir.

Les habitants du peuple de Chasseur s'agitent dans tous les sens, les enfants portent de gros paniers tressés emplis de… fruits, je crois, mais je ne suis pas sûre, je n'en ai jamais vu de semblables. Les hommes portent sur leurs épaules des carcasses d'animaux, les femmes déplacent des fleurs et des feuilles qu'elles placent à certains endroits qui me semblent totalement aléatoires.

Je me sens un peu gênée et inutile, mais Chasseur me fait monter à l'échelle qui lie le sol au village suspendu. Je ressens encore de la douleur, mais j'ai moins mal, le bandage semble bien tenir son rôle. Chasseur continue de me guider dans le réseau de branches et de passerelles. J'aurais été absolument incapable de retrouver mon chemin.

— Où est-ce qu'on va ? je demande, toujours obligée de trottiner pour ne pas être distancée.

— La caste des femmes, déclare-t-il en s'arrêtant soudainement.

Je m'écrase contre son dos.

— Aïe, je marmonne.

Il se retourne vers moi et me désigne une cabane qui paraît plus grande qu'une simple habitation.

— La caste des femmes. Chasseur n'a pas le droit d'y aller, Étoile, si. Va.

Pour la deuxième fois en moins de dix minutes, je reste bouche bée.

— Euh… Chasseur je ne suis pas sûre… j'hésite.

Il me pousse en avant.

— Femmes bizarres, mais gentilles. Étoile, pas avoir peur. Va.

J'hésite encore un instant, mais le commentaire du jeune homme me fait sourire. Finalement, je m'approche du rideau végétal qui masque l'entrée et le repousse doucement. À l'intérieur, l'air est plus frais qu'à l'extérieur, mais il y fait noir aussi. J'entends des voix chuchoter, mais quand j'entre, elles se taisent.

— Je… hum… Chasseur a dit… enfin…

— Viens t'asseoir, Fille Étoile, fait la voix de Sagesse juste à côté de moi.

Elle me prend la main et me guide dans le noir pour m'aider à m'installer.

— Tu n'as rien à craindre, ici, nous sommes toutes tes amies, fait une autre voix, féminine aussi.

— Nous allons simplement te préparer à l'événement de ce soir, poursuit Sagesse avec une infinie douceur.

— Me préparer ? je répète, confuse.

— Oui, ce soir, entre autres, tu vas être baptisée.

— Qu'est-ce que cela signifie ?

Certaines femmes gloussent.

— Nous n'allons pas t'appeler Fille Étoile éternellement, tu n'as plus l'âge d'être une fille, explique patiemment Sagesse.

— Chasseur ne m'appelle pas toujours Fille Étoile, parfois il dit simplement Étoile, je fais remarquer.

J'entends un claquement de langue réprobateur sur ma droite.

— Ton Chasseur enfreint les règles, râle une voix.

Devant ma confusion, Sagesse explique.

— Un enfant n'a le droit d'être nommé ainsi que lorsqu'il est baptisé par le clan. Nous nommons nos enfants lorsqu'ils développent leur caractère. Par exemple, ton Chasseur a été nommé Garçon Chasseur vers sa sixième année de vie, après avoir démontré une compétence amusante pour la chasse aux grenouilles.

Cette histoire me fait esquisser un sourire. J'ai du mal à imaginer Chasseur bébé courant après une grenouille verte.

— Lors du passage à l'âge adulte, nous abandonnons notre nom d'enfant, poursuit Sagesse. Garçon Chasseur est devenu adulte le jour où il a abattu une fourrure d'argent pour nourrir son peuple. Nous étions tous très fiers de lui. Il a d'ailleurs gagné le droit d'honorer la vie qu'il a pris, en la marquant dans sa peau.

Je me souviens du tatouage de Chasseur, une biche blanche. C'est une explication très intéressante et je bois les paroles de Sagesse, en espérant ne rien oublier. J'ai hâte d'être au Sanctuaire pour noter tous ces faits.

— Ce soir, nous te baptiserons, pour que tu quittes le statut de fille et prenne celui de femme. Seulement là, nous aurons le droit de t'appeler Étoile.

— Je vois, c'est un rite de passage, en quelque sorte.

— Oui, normalement il a lieu… beaucoup plus tôt, mais rien n'empêche de le célébrer maintenant.

— Tu verras, le statut de femme apporte plein d'avantages ! glousse une jeune femme.

Mes yeux commencent à s'habituer au noir et je les distingue mieux qu'au début. Au fond de moi, je sais que je ne vais pas rester, pourtant, mon côté historienne veux savoir quel genre d'avantage on gagne à passer femme. Par pure curiosité scientifique, bien entendu.

— Par exemple ? je demande.

— Eh bien, Étoile aura le droit de voter et de donner son avis lors des Conseils de clan, ce que les filles ne peuvent pas faire, car elles sont trop jeunes, explique Sagesse.

— Cesse de faire ta rabat-joie ! glousse une autre femme. Le vrai avantage, c'est qu'Étoile peut choisir un compagnon de vie !

— Ou pas ! coupe Sagesse. C'est le choix d'Étoile.

Je pince les lèvres, gênée, en songeant aux Adam et au choix auquel je serai bientôt confrontée. Il n'y a pas de « ou pas » dans ma vie. Et c'est très bien comme ça, c'est ce que je désire : rendre ma nation fière de moi en m'unissant à un Adam et en concevant les enfants de l'humanité nouvelle.

— Votre peuple est magnifique, et ce sera un honneur pour moi de participer à votre rite de passage, mais je ne resterai malheureusement pas. Mon destin n'est pas ici, mon peuple à moi m'attend, et il faut que je le rejoigne, j'explique doucement aux femmes qui m'entourent.

La vieille femme ricane.

— Ici n'est pas la place d'une étoile, grogne-t-elle.

Je me mordille la lèvre inférieure, gênée par son animosité. Sans comprendre pourquoi, j'ai le sentiment de les avoir blessées. C'est pourtant la vérité, l'Arche compte sur moi, je me dois d'honorer la promesse qui a été scellée à ma naissance.

CHAPITRE 8

Terre, 3 janvier.

Je quitte la caste des femmes plusieurs heures après y être entrée. Elles ont insisté pour me préparer dignement, et je n'ai pas eu le cœur de les en empêcher. C'est donc le visage peint et mon carré long soigneusement tressé que je découvre le village transformé. Les fleurs rose pâle portent en leur cœur une douce lueur jaune, sont semblables à des guirlandes de papier, et confèrent au lieu un air féerique. Je remarque aussi que les tenues des hommes de la terre ont changé, leurs tuniques ont été troquées en faveur de simples pagnes qui laissent leur torse apparent et ils portent bien souvent des fourrures accrochées par des liens de cuir ornés de dents. Ils abordent aussi beaucoup de bijoux, en os ou en fibres, et leurs longs cheveux noirs sont coiffés en tresses compliquées, agrémentées de perles en bois coloré. Leur peau mate est parcourue de tatouages ou de simples peintures rouges. Je me sens gênée par une telle nudité. Dans l'Arche, il ne serait jamais venu à personne l'idée d'ôter son haut. Le choc est plus grand encore lorsque je découvre que grand nombre de femmes sont vêtues de la même manière, les seins totalement à découvert, parfois marqués d'une trace de main ocre. Et pourtant… elles semblent… à l'aise. Je suis impressionnée par la force et la grâce qui se dégagent de ces filles terriennes, j'aimerais leur ressembler un peu plus…

À peine cette idée me frappe, que je la chasse immédiatement. Je suis une Eve, pas une native, et il en sera toujours ainsi. Je ne serai jamais à l'aise comme elles le sont.

Je suis Sagesse jusqu'à la plus grande cabane, sûrement l'endroit où se dérouleront les festivités. Je m'aperçois bien vite qu'on me dévisage, et ce n'est clairement pas de l'admiration. Je me sens un peu décalée, dans ma combinaison blanche, parmi toutes ces tenues de cérémonie, même si les femmes m'ont offert des bijoux en bois. J'ai l'impression d'être une intruse et je sais que c'est le cas. Je n'ai rien à faire là, ce n'est pas mon monde.

— Je vais te présenter aux grands chefs, ce sont eux qui décideront si oui ou non tu es prête à recevoir ton nom de femme.

Soudain, j'hésite. Je pensais que ça irait de soi, que ce n'était qu'une formalité. J'ignore pourquoi, mais je me sens inquiète, stressée même. C'est stupide ! Pourtant, ces rites primitifs ne devraient pas m'intéresser plus que ça. Ce n'est pas mon univers. Demain, je rentrerai chez moi et tout cela revêtira la forme d'une bonne histoire à raconter.

Cette idée en tête, j'entre dans la cabane. Une nouvelle surprise me prend lorsque j'aperçois trois femmes assises au fond. Une vieille aveugle couverte d'une épaisse fourrure me donne l'impression d'être face à un drôle d'animal. Une autre femme est jeune et belle, torse nu et peinte de motifs blancs, le crâne rasé. Elle est magnifique, j'en ai le souffle coupé. Et puis il y a une enfant. Elle porte une jolie robe brune et ses cheveux sont lâchés. Elle m'observe avec des immenses yeux bruns.

— Fille Étoile, je te présente nos trois grands chefs, Paisible, Guerrière et Fille Innocence.

Impressionnée par ce trio de femmes si différentes, j'ai un instant de d'incertitude. Je me demande s'il faut que je m'incline, ou s'il y a une manière particulière de les saluer. Au final, je balbutie péniblement :

— Je m'appelle Eve18, c'est un honneur pour moi de vous rencontrer, mesdames.

— Evedizuit ? répète Fille Innocence d'un air confus.

Je me renfrogne.

— Laissez tomber.

Guerrière sourit doucement et cette expression contraste avec son nom.

— Bienvenue, Fille Étoile. Chasseur nous a parlé de toi, tu as su affirmer ta force mentale et ta maturité durant le voyage que vous avez effectué… commence Guerrière.

— Elle a survécu à Chasseur, rétorque Paisible en se renfrognant. C'est la seule preuve dont on a besoin.

Guerrière sourit tendrement, comme si elle avait l'habitude des radotages de sa compagne.

— Tu as survécu, tu es digne de laisser derrière toi le rang de fille pour prendre celui bien plus noble de femme. Ce rang te confère le droit de vote, de parole lors des assemblées, mais aussi de participer aux tâches importantes du clan et de prendre un compagnon de vie, si l'envie y est.

Je me sens gênée. Je n'ose pas leur dire que je vais partir, la réaction hostile des autres femmes m'a refroidie. Pourtant Guerrière à l'air de le savoir, ses paroles sonnent comme un rituel mainte fois répété.

— Par les pouvoirs qui me sont conférés, et par l'accord de mes sœurs, je te nomme Étoile, parce que tu viens du ciel, et pour te porter chance, puisse ta lumière continuer de briller longtemps encore.

Des bruits de tambour se font entendre dehors, m'empêchant de me complaire dans mon mutisme ému. Le regard de Fille Innocence s'illumine soudainement et elle saute de son fauteuil en osier pour courir vers moi.

— Viens Étoile ! Allons danser.

Malgré moi, je lance un regard vers Guerrière, comme en attente de son approbation. Elle sourit et hoche la tête. Je comprends que la cérémonie à huis clos est terminée. C'était bref, mais efficace, je ne m'en plains pas, je me sens même soulagée de ne plus avoir à me confronter à cette femme incroyablement forte.

Dehors, un immense feu de joie a été allumé sur une plateforme suspendue, et des couples dansent joyeusement pendant que des musiciens mettent l'ambiance. Fille Innocence m'entraîne sur la piste, mais au dernier moment je me souviens que je ne sais pas danser : ça ne fait pas partie de mes capacités. Je m'arrête, sa main m'échappe, et elle ne m'attend pas.

Je ne peux pas m'empêcher d'être fascinée par ces corps mouvants qui se touchent et bougent en rythme. La danse n'a pas fait partie de mon éducation, j'en suis un peu triste aujourd'hui.

— Étoile a deux pieds gauches ? demande la voix de Chasseur dans mon dos.

Je sursaute. J'ignore où il a filé après m'avoir abandonnée aux mains des femmes de sa tribu, mais sa vision me choque. Il a quelque chose de changé, de beaucoup plus viril et tribal que lors de notre aventure. Une marque de main ocre orne son visage et des dessins tribaux courent sur son torse musclé. Sa tenue ressemble à celle des autres hommes, un pagne en peau épaisse, attaché par des cordelettes de cuir, et une fourrure qui couvre une de ses épaules.

Non, il n'a plus l'air du tout du jeune homme qui m'a sauvé la vie.

Lui aussi me dévisage d'un air critique, comme s'il trouve ma tenue inappropriée. Je commence presque à regretter les vêtements que m'avait proposés Sagesse plus tôt dans la journée. Mais le souvenir de l'Arche me ramène sur terre. Cette combinaison me protège, elle indique que je suis en vie. En considérant qu'elle continue à émettre, évidemment.

Je renifle à sa remarque.

— Les étoiles ne dansent pas, je marmonne.

— C'est que tu ne les as jamais regardées d'assez près ! rétorque-t-il.

Il me prend la main.

— Tu dois danser, décide-t-il en m'entraînant sur la piste.

Soudain, un malaise me prend. J'ignore la danse, vraiment. Et il l'a dit, j'ai deux pieds gauches. Disons que sur l'Arche, savoir se coordonner n'était pas aussi important que savoir lire ou écrire.

Je veux me dégager, mais il a plus de force que moi. J'ai rarement été en contact avec la gent masculine – le docteur Lewis ne compte pas, c'est mon médecin, je le considère comme un père et notre relation n'a jamais été ambiguë – et j'ignorais que les hommes pouvaient déployer une telle force ; je me sens soudain minuscule et fragile. Moi qui ai toujours su contrôler mon environnement, depuis quelque temps je ne contrôle plus rien du tout, et c'est très frustrant.

— Chasseur, c'est ridicule, je ne sais pas danser… je proteste.

— Tout le monde sait danser, rétorque-t-il.

Il me montre un couple : ils font n'importe quoi, ça m'amuse, et ils ne semblent surtout pas se soucier le moins du monde qu'on les observe. Moi non plus, je ne m'en soucie pas. Toute ma vie, on m'a regardée, j'ai eu mon lot de honte retransmis en direct à la télévision. Alors pourquoi est-ce différent aujourd'hui ?

Je sens les battements de mon cœur s'accélérer, il faut que je me calme.

— Je vais t'apprendre, décide le jeune natif.

Il m'attrape par la taille et m'approche de lui. Très près. Un peu trop à mon goût. J'ai l'impression que même à travers ma combinaison, sa peau me brûle, ou alors c'est moi qui brûle de l'intérieur ? Mes joues doivent être cramoisies, je n'ose pas le regarder.

Il guide mes pas. Les danses traditionnelles de ce peuple sont très énergiques, et même s'il commence doucement, très rapidement il m'entraîne dans des pirouettes et des pas que je ne contrôle pas du tout. Il me balade à droite, à gauche, me soulève et me balance, c'est… exaltant !

Toute gêne me déserte très rapidement, j'ai beau lui piétiner les pieds plus d'une fois, il n'en semble pas le moins du monde dérangé, et malgré moi je sens des bulles d'euphorie couler dans mes veines. Au bout de la troisième ou quatrième danse – je n'arrive plus à compter – je ris tellement que j'en ai mal au ventre. Je ne maîtrise plus du tous les mouvements, heureusement mon partenaire le fait pour moi.

La musique, la danse, tout ça est très nouveau pour moi et très vite j'ai la tête qui tourne et les tympans en miettes. Je fais comprendre à Chasseur que je déclare forfait et mon âme solitaire refait surface. J'ai grandi seule, j'ai passé beaucoup de temps dans le silence de mes appartements. Les autres Eve, je ne les connais que d'image, les Adam, seulement de nom, et en dehors de la Commandante qui parfois me rendait visite et du docteur Lewis, je ne croisais presque personne. Mes repas composés de pilules apparaissaient comme par magie sur ma table de chevet, mes précepteurs étaient des machines. J'ignore si j'ai déjà eu des nourrices ou une mère, j'étais probablement trop jeune pour m'en souvenir.

Il n'empêche, cette solitude fait partie de moi, alors je m'éloigne un peu de la fête. Je dois marcher beaucoup, traverser plusieurs groupes de cabanes familiales avant d'enfin entendre le son des tambours et des cris de joie se tarir doucement.

Me souvenant des paroles de Chasseur, je lève la tête et j'observe le ciel. Je me demande si les étoiles dansent, parce que c'est une sensation merveilleuse : je sais déjà que j'adore la danse. Peut-être que je pourrai trouver des livres sur le sujet, dans l'immense banque de données de l'Arche. J'apprendrai à danser au Sanctuaire et nous ferons des belles fêtes avec les autres Eve et les Adam où nous danserons toute la nuit.

Cette idée me fait sourire, ce serait si bien !

CHAPITRE 9

— Sagesse m'a dit que tu voulais aller dans la Zone de Fer.

Je sursaute. Je n'ai pas entendu Chasseur s'approcher. Je commence à penser qu'il n'a peut-être pas volé son nom.

— La Zone de Fer ? je répète, confuse.

— Étoile appelle ça… Sanctuaire ?

Je comprends.

— Oui, tu sais où il est, n'est-ce pas ?

— On sait tous où il est, rétorque-t-il. La Zone de Fer empiète sur nos anciens territoires de chasse. Les proies ont eu peur et sont allées plus profondément encore dans les terres. Elle nous force à partir plus loin pour ramener de la nourriture, explique-t-il.

Je ne suis qu'à moitié étonnée par ses paroles. Le Sanctuaire avait été construit en partant du principe que personne ne vivait sur ces terres, pourquoi les robots auraient-ils pris garde à ne pas empiéter sur le territoire de Chasseur ?

— Je suis désolée. Le Sanctuaire est ma maison, c'est pour ça que je dois y retourner. J'ignorais qu'il avait fallu déplacer votre zone de chasse. Quand j'y serai, je travaillerai sur une solution, d'accord ? Je suis sûre que je peux trouver quelque chose pour vous aider.

Chasseur n'a pas l'air convaincu. Pire, il balaie mes paroles d'un coup de main.

— De tout temps, proie se déplace. Chasseur s'adapte. Pas besoin d'aide d'Étoile.

Malgré moi, je me sens un peu vexée.

— Très bien, alors que Chasseur ne nous reproche pas de nous octroyer un territoire, alors.

Il ne répond pas tout de suite.

— Pourquoi Étoile veut aller là-bas ? demande-t-il finalement.

— Parce que c'est mon devoir, je réponds mécaniquement.

— Drôle de devoir, marmonne-t-il.

Je renifle.

— C'est quoi, ton devoir à toi ?

Il réfléchit quelques secondes.

— Chasseur doit nourrir son clan.

— Ouais, eh ben moi je dois faire perdurer le mien, je rétorque. Nous avons tous un devoir, Chasseur, tu ne peux pas échapper au tien, moi non plus.

Il me dévisage.

— Faux, dit-il simplement. Si Chasseur veut devenir Bâtisseur, il peut.

Malgré moi, je ris.

— Et pourquoi tu ne deviens pas Bâtisseur ?

Il me lance un regard surpris.

— Que pourrais-je bien faire d'une maison, je n'ai pas de compagne !

Je le dévisage quelques secondes, il a l'air de trouver ça très logique, mais pas moi, alors je détourne mon regard pour observer de nouveau les étoiles. Depuis que je les vois sous cet angle-là, elles prennent une tout autre signification. Ce ne sont plus de simples boules de gaz brûlant à des milliers de kilomètres. Je me demande ce qui les rend si belles depuis la Terre.

— Ton peuple est fascinant, Chasseur, je lui dis sans oser le regarder. Je n'avais encore jamais rien vu de tel, vos coutumes… elles sont si différentes de celles de mon monde ! Je ne cesse d'être surprise !

Je sens son regard sur moi, je sais qu'il m'observe en silence… comme une proie.

— Tu pourrais rester, tu sais, fait-il remarquer. Tu n'es pas obligée de retourner à ton… Sanctuaire.

Je sens mon estomac faire une vrille. Je goûte, pendant une demi-seconde, à cette idée complètement folle. Je me demande ce que serait ma vie ici.

Dangereuse, me susurre ma conscience.

Terriblement dangereuse, c'est certain !

Je secoue la tête pour m'en ôter cette idée stupide. Je ne pourrais jamais faire partie du peuple de Chasseur, nous sommes trop différents. Mille ans d'évolution nous séparent, qui sait si nos deux espèces sont ne serait-ce que compatibles sur le plan biologique ? Et surtout, pourquoi voudrais-je mêler mon sang parfait à celui d'un homme génétiquement imparfait ? Alors que je peux avoir un Adam qui me donnerait des enfants beaux et vaillants, et surtout parfaits pour une nouvelle humanité vertueuse ?

Non, ce n'est pas ce que je veux, vivre avec ce peuple.

— Je ne peux pas, Chasseur. Le Sanctuaire est ma maison.

— Tu as un homme, c'est ça ?

Je suis surprise par sa perspicacité. Je pense aux Adam, et je regarde Chasseur, j'essaie de trouver une ressemblance, mais mis à part leur sexe, je ne vois pas en quoi cet homme primitif peut concurrencer un Adam parfait, intelligent et bien éduqué.

— En quelque sorte.

Son visage se ferme.

— Je t'accompagnerai demain.

Sur ces mots abrupts, il tourne les talons et retourne à la fête. J'ignore pourquoi j'ai le sentiment d'avoir fait une bêtise. Mince, on aurait dû me prévenir que les hommes étaient si compliqués à comprendre !

Je reste encore une minute dans le calme, mais Fille Innocente me trouve et m'entraîne de nouveau vers la fête, qui semble s'être calmée. Sagesse est assise près du feu où plusieurs enfants grillent ce qui semblent être des sucreries, ou des insectes vraiment énormes, je ne suis pas sûre. Elle me fait signe de m'approcher.

— Je vais vous raconter l'histoire de la fin de l'humanité et du début de la Terre nouvelle, dit-elle d'une voix profonde.

Malgré moi, je m'assois parmi les enfants et quelques autres adultes. Sagesse semble maitriser son sujet alors qu'elle commence à conter.

— Il fut un temps où les hommes pensaient que la Terre leur appartenait. C'était une période faste où nous étions si nombreux que les ressources de la planète venaient à manquer. Tous savaient ce qui se profilait à l'horizon, mais personne n'a réagi ou alors, pas assez. C'était la course à celui qui aurait le plus d'objets inutiles, le plus de nourriture, le plus, toujours plus.

Les enfants rient un peu, mais j'ai moi-même étudié cette époque et je sais qu'elle parle du capitalisme.

— Mais cette époque ne pouvait pas durer, et les humains en avait bien conscience. Aussi, ils créèrent d'immenses animaux volants pour fuir la planète dont ils avaient épuisé les dernières ressources. Mais ils étaient si nombreux… Tout le monde ne pouvait pas fuir vers l'espace infini. Ce furent les plus riches, ceux qui pouvaient s'offrir une place, qui eurent la chance de fuir la planète avant l'enchaînement des catastrophes naturelles.

— C'est faux ! je m'exclame malgré moi. Tout le monde a pu monter dans l'Arche.

Le regard de Sagesse se pose sur moi, profond et triste.

— C'est peut-être ce qu'on t'a appris, petite fille, mais ce n'est certainement pas la vérité.

Je déglutis difficilement. La Commandante aurait-elle pu me mentir sur ce point ? Je peine à y croire… Et pourtant, je suis bien placée pour savoir que c'est forcément faux. Les humains de la Terre existent. La preuve est sous mes yeux…

Cette histoire me met mal à l'aise.

— L'humanité a été presque entièrement décimée alors que les centrales nucléaires se sont autodétruites les unes après les autres. La Terre était invivable. Mais les humains sont une espèce qui s'adapte à toute situation. Nous avons survécu, ainsi qu'un certain nombre d'espèces. Les premières centaines d'années ont été très dures car nos enfants n'étaient pas toujours viables et les cas de stérilité était très courants.

Je sais que sur l'Arche, il fallait un passe-droit pour faire un enfant, afin d'éviter la surpopulation. Les critères dépendaient de la situation des parents, de leur santé et de leurs motivations. On encourageait ceux qui ne voulaient pas d'enfants en proposant une stérilisation gratuite et une congélation des gamètes afin de préserver les gènes. Savoir que sur Terre, l'humanité avait suivi un processus presque similaire mais sans le vouloir, me dérange.

— L'humanité aurait pu retomber dans ses travers, mais nous avons appris à vivre avec la nature, par nécessité plus que par choix. La nature a changé, elle est devenue forte, elle se défend désormais, et nous n'y sommes qu'invités.

Le regard de Sagesse s'arrête sur moi. C'est un avertissement, je ne suis qu'une invitée sur cette Terre, je ne dois pas l'oublier.

CHAPITRE 10

Terre, troisième jour après l'atterrissage.

C'est le soleil qui me réveille, s'infiltrant à travers le rideau qui couvre l'entrée de ma cabane. Dans l'Arche, c'était toujours les lumières crues des néons qui me réveillaient. La douce chaleur sur mon visage m'est inconnue, étrange… dérangeante. Je me demande si au Sanctuaire, je serai de nouveau réveillée par les néons.

La veille, je suis restée longtemps seule à contempler les étoiles qui ont valu mon surnom, après l'histoire de Sagesse. J'ai vu les lumières de l'Arche se déplacer dans le ciel et je me suis demandé s'ils voyaient aussi les feux de joie que les hommes primitifs avaient allumés.

Je sais que non, ou alors ils pensent probablement que ce ne sont que des feux de forêt. Si la Commandante avait su qu'il y avait des hommes sur Terre, nous aurait-elle envoyés, moi et les autres enfants du programme, pour reconstituer une humanité ? Probablement pas, ou alors notre but aurait été tout autre. J'ai hâte de rentrer au Sanctuaire pour parler de ma découverte. Intérieurement je me demande si elle va influer sur notre plan de départ. Comme je ne sais pas encore ce que je préfère entre suivre le plan à la lettre ou l'adapter à la situation actuelle, je change de sujet de pensée.

Dehors, j'entends le village qui s'agite. Ils sont probablement réveillés depuis plusieurs heures, j'ai un peu honte d'avoir tant dormi, mais en même temps je me suis couchée vraiment tard. Ce n'est pas dans mes habitudes, mon horloge interne est totalement déréglée, la Commandante ne va pas être contente. Heureusement une fois au Sanctuaire je pourrai prendre des pilules pour réguler mon sommeil.

J'ouvre la boîte de vitamines qui j'ai gardée près de la couche où j'ai dormi. Il ne reste presque plus de pilules. J'en consomme beaucoup plus depuis que je suis sur Terre, c'est inquiétant, mais je rentre aujourd'hui, alors ça suffira. Je termine avec une bouchée d'eau les derniers vivres qu'il me reste. Je laisse juste une pilule… au cas où.

J'ai dormi tout habillée, pour que l'Arche puisse continuer à recevoir mon signal, donc je sors sans plus attendre de la cabane qui m'a été assignée. Dehors, la lumière est vive, elle abime mes rétines et je prends quelques minutes à m'y habituer. C'est le temps qu'il faut à Sagesse pour m'apercevoir et venir à ma rencontre, un panier chargé de fruits calé contre sa hanche.

— Bien dormi, Étoile ?

Je hoche distraitement la tête en cherchant Chasseur des yeux. Bien sûr, je ne m'attends pas à ce qu'il apparaisse comme par magie, il doit avoir beaucoup de choses plus importantes à faire que d'attendre que je me réveille pour me ramener chez moi.

— Sais-tu où est Chasseur ? il a dit qu'il m'emmènerait au San… à la Zone de Fer.

Le visage de Sagesse se ferme, comme la première fois que je l'avais interrogée à ce sujet.

— Je pense toujours que tu ne devrais pas aller là-bas.

Je me braque.

— Et pourquoi pas ? C'est chez moi, Sagesse.

Elle me tend un fruit à la peau pelucheuse.

— Ça m'a l'air d'être une prison très confortable.

Sur ces mots durs, elle tourne les talons et s'éloigne. Je me sens soudain en colère contre elle. De quel droit juge-t-elle mon lieu de vie ? Le dôme de verre qui recouvre le Sanctuaire est là pour nous protéger des bêtes sauvages ! Bêtes qui ont déjà tenté de me tuer depuis que je suis ici. Si on prend aussi en considération les pluies d'acide, c'est une protection plus que bienvenue ! Eh mince ! D'abord Chasseur, puis elle ! C'est quoi leur problème ?

Ce ne sont pas tes amis, ils ne sont pas comme toi, ils ne peuvent pas comprendre.

J'ai presque l'impression d'entendre la voix de la Commandante me rassurer, comme elle le faisait lorsqu'elle m'aidait à réviser mes leçons et que j'oubliais une date importante.

Les lèvres pincées de frustration, je retourne dans ma cabane pour rassembler mes affaires. Si Chasseur refuse de m'emmener, je demanderai de l'aide à quelqu'un d'autre.

Sans vraiment réfléchir, je fourre le fruit de Sagesse dans mon sac, n'osant pas l'abandonner sur ma couchette, et je sors en trombe, si brusquement que je m'écrase contre un mur de muscles et de chaleur.

Cramoisie, je me recule vivement et en relevant la tête je rencontre le regard fermé de Chasseur.

— Étoile est prête ?

— Oui, je marmonne en rajustant la bretelle de mon sac.

Sans un mot de plus, il tourne les talons et je comprends qu'il veut que je le suive.

Comme d'habitude, Chasseur va trop vite. Va-t-il un jour apprendre à ralentir le pas ? Je ne crois pas, il est trop borné pour ça. Très rapidement, on s'éloigne du village pour s'enfoncer dans la forêt, à l'opposé du petit lac où Sagesse m'a emmenée pour mon bain. C'était une expérience étonnante, je le conçois avec du recul.

Forcée de courir derrière Chasseur, je m'essouffle vite. Il ne m'adresse pas la parole une seule seconde, mais ça n'a rien à voir avec le silence respectueux qu'il conservait lorsqu'il m'a sauvée la première fois. Non, je sens une certaine animosité dans sa manière de se taire. Ça me met mal à l'aise, je n'ai pas envie de le quitter en mauvais termes, qui sait, un jour nos deux peuples pourraient commercer. Alors j'accélère le pas jusqu'à le dépasser et je me plante devant lui.

— Tu me fais la tête ? je demande de but en blanc. Tu m'as à peine adressé la parole, je te sens tendu !

Il me lance un regard exaspéré.

— Chasseur ramène Étoile chez elle, c'est ce qu'elle voulait, non ?

Je soupire.

— Oui, mais pas comme ça ! Je veux dire… j'ai fait quelque chose de mal ? Je m'en voudrais si on devait se quitter dans la rancune.

Il se gratte la nuque, gêné.

— Pas de rancune.

Et il reprend son chemin.

Quoi ? C'est tout ?

Je suis hallucinée. Et furieuse. De nouveau, je dois courir pour le rattraper, et cette fois-ci je le saisis par le bras pour le forcer à s'arrêter.

— C'est quoi ton problème ?

Je deviens agressive.

— Pas de problème !

Je le pousse. Enfin, du moins j'essaie. Disons plutôt que je m'abime les poignets sur son torse.

— Parle-moi, homme ! je râle.

— Étoile s'en va, voilà problème.

J'en reste bouche bée.

— Je rentre chez moi… je marmonne piteusement. Mais ça ne veut pas dire qu'on ne pourra plus se revoir ! j'ajoute précipitamment.

Pourtant, intérieurement, je sais que c'est faux. Jamais la Commandante n'acceptera que je le revoie. J'ignore d'où me vient cette certitude, mais elle me glace le sang.

— Non. Une fois de l'autre côté de prison de verre, Étoile ne reviendra pas.

Je veux rétorquer quelque chose, parce que pour la seconde fois aujourd'hui on insulte ma maison.

— Je ne te permets pas !

Soudain furieuse, je n'ai plus envie de parler avec lui, alors je tourne les talons et m'enfonce dans la forêt. J'essaie de contenir cette émotion qui fait affluer des larmes dans mes yeux. Bon sang, la Commandante m'a pourtant prévenue de faire attention à mes émotions ! J'ai tellement travaillé sur moi-même pour les empêcher de déborder, et voilà qu'un stupide homme primitif joue avec sans aucun scrupule.

Je commence à respirer lentement, essayant de me souvenir des exercices de méditation que m'apprenait la Commandante pour refouler ces émotions indésirables.

Une Eve se doit d'être toujours calme ! La colère et la tristesse sont des émotions que tu ne dois pas ressentir. La joie doit être mesurée… Tu es trop explosive, Eve18 !

Mon sale caractère est le pire de mes défauts.

— Étoile ! appelle Chasseur en me suivant. Pour une fois c'est lui qui doit courir pour me rattraper.

Je l'ignore.

— Étoile ! insiste-t-il avec exaspération.

Il me rattrape sans mal et me force à me tourner vers lui.

— Quoi ! je hurle en me dégageant. Étoile rentre chez elle !

Il me lance un regard mi-frustré, mi-amusé.

— Ce n'est pas par-là, chez toi, rétorque-t-il.

Je sens mon visage se remplir de sang et soudain honteuse je baisse la tête. Non, mais quel débile !

Ne laisse pas tes émotions t'envahir, elles sont tes pires ennemies.

C'est ce que répétait tout le temps la Commandante quand je faisais des caprices, enfant.

— Désolée… je marmonne en relevant la tête. Je…

Je m'interromps car un reflet métallique attire mon attention. Surprise, j'avance de quelques pas, et derrière de hautes fougères je découvre une immense carcasse de titane.

— C'est une capsule de transport ! je m'exclame, en sentant mon cœur manquer un battement.

L'œuf est à moitié enseveli sous la terre et de la mousse a commencé à pousser dessus. Si je ne savais pas à quel point la nature est rapide ici, je pourrais presque croire que la capsule est là depuis longtemps.

Je suis terrifiée à l'idée de ce que je peux découvrir si je m'approche davantage, mais je sais aussi qu'il faut absolument que je sache à qui appartient cette capsule. Je me précipite vers elle sans vraiment réfléchir. Derrière moi, Chasseur me somme de revenir, d'être prudente, de ne pas y aller.

Avec hargne, j'arrache les racines et les plantes pour dévoiler la carcasse luisante de l'objet. Je frotte et déchire jusqu'à enfin trouver ce que je cherche.

Je lis « Adam19 », peint en noir sur la navette. Chasseur m'a rejoint, son arc tendu.

— C'est la capsule d'un Adam ! je m'exclame.

À son air, je comprends qu'il ne voit pas de quoi je parle, mais je m'en fiche. Si un Adam s'est écrasé, il faut absolument que je le retrouve. Je n'ose imaginer ce qui a pu lui arriver, seul, dans ce monde hostile ! Sans Chasseur à mes côtés, je serais morte, à l'heure qu'il est.

— Adam !! je hurle pour me faire entendre, dans l'espoir vain qu'il soit encore dans le coin.

J'appuie sur le bouton d'ouverture extérieur de l'appareil, il a l'air moins endommagé que le mien, comme si les grandes branches avaient ralenti sa chute, ou qu'il avait réussi à mieux se poser que moi.

À mon grand soulagement, l'œuf est vide, la trousse de secours a disparu. L'espoir succède à la panique qui m'a prise quand j'ai reconnu la capsule et je me remets à hurler jusqu'à ce que Chasseur me fasse taire de force, une main sur ma bouche.

— Étoile stupide ! râle-t-il. Elle veut rameuter tous les prédateurs de la région ?

Je me dégage de son emprise.

— Tu ne comprends pas, Chasseur, il faut que je le retrouve, il est peut-être en danger !

— Ton homme ? demande-t-il.

— Oui ! enfin… non ! je veux dire, pas vraiment ! C'est plus compliqué que ça, aide-moi juste à le retrouver, s'il te plaît.

Il n'hésite qu'une seconde.

— O.K., mais Étoile promet de ne plus hurler.

Je hoche la tête et il s'approche de la capsule, observe quelque chose en silence avant de se tourner vers une direction qui me semble totalement arbitraire.

— Par là.

Je suis Chasseur de loin, je ne veux pas le déranger, j'essaie de voir ce que la nature lui révèle, mais je n'y arrive pas. Il a un don qui me fait défaut. Régulièrement, il me jette un coup d'œil, comme pour s'assurer que je ne me suis pas volatilisée, avant de se repencher sur ses indices invisibles, la corde de son arc tendue. Peut-être qu'il a peur qu'on se fasse attaquer, mais jusqu'ici je n'ai vu que des petits animaux détaler entre les racines des arbres.

Soudain, il s'arrête.

— Tu l'as trouvé ? je demande pleine d'espoir en me précipitant vers lui.

— Étoile, non ! tente-t-il de me prévenir.

Mais c'est trop tard, je le dépasse. Rien n'aurait pu me préparer à la vue du corps méconnaissable, presque entièrement fondu qui gît au sol. Je sens mon cœur cesser de battre, mes genoux me lâchent et je chute au sol, incapable de le quitter des yeux.

J'arrive trop tard, il est mort, probablement surpris par la pluie d'acide, plusieurs jours plus tôt.

Je hurle.

CHAPITRE 11

Je sais que je ne suis pas morte parce que j'ai mal partout. Mon corps me fait souffrir, mais j'ai l'impression que mon cœur, lui, est vide.

Je me réveille en me souvenant parfaitement des événements de la veille, je n'ai pas de moment de flottement, pas de nécessité de me les remémorer, je me souviens de tout. Je me souviens de la capsule, de la traque, du corps carbonisé. Je me souviens même de l'horrible odeur de chair brûlée.

Ce souvenir me rend nauséeuse, je roule sur le côté et trouve la bassine en bois qui m'a accompagnée toute la nuit. Je n'ai plus rien à vomir, mais mon corps se tord de spasmes, comme s'il voulait que je recrache mon estomac tout entier.

Les jours qui suivent restent flous dans ma mémoire. En fait, je n'arrive pas à me souvenir si plusieurs jours passent, ou seulement un ou deux. Sagesse vient à plusieurs reprises me voir, me propose à manger. Je ne mange pas, je ne retire pas ma combinaison, je ne parle à personne et je refuse de sortir.

Adam19 est mort. Je refuse d'y croire. J'y crois un peu. J'aurais peut-être pu faire quelque chose ? C'était peut-être de ma faute.

Je.... Pris ...rde...calme Eve... capsule... 19.... dévié... trajectoire... percuté... entr... atm... on fait... pouvoir... stabilisé.

Les paroles hachées de la Commandante, que je n'avais pas comprises alors, me paraissent soudain si claires !

J'ai l'impression d'être de nouveau là-bas. Secouée dans mon œuf, paniquée, en train de chuter.

À son entrée dans l'atmosphère, ma navette a été percutée par celle d'Adam19 et nos deux trajectoires en ont été affectées. J'ai atterri au beau milieu d'une ville fantôme et j'ai été recueillie par Chasseur ; a contrario, Adam s'est écrasé dans la forêt, plus proche que moi du Sanctuaire, mais c'est la pluie acide qui l'a cueilli.

Sa mort a dû être atroce.

Le rideau végétal qui bloque l'accès à ma cabane s'ouvre brusquement, mais je ne suis pas éblouie longtemps, car une immense silhouette se tient dans l'entrée, masquant la lumière du jour. Je lance un regard vide à Chasseur. Qu'est-ce qu'il fait là ? Je veux dormir, pourquoi ne me laisse-t-il pas tranquille ?

— Allez Étoile, on sort, déclare-t-il en entrant dans la pièce.

Il est tellement grand qu'il prend presque toute la place. Et qu'est-ce qu'il raconte au juste ? Je n'ai pas envie de sortir.

Il m'attrape par les poignets et me force à me lever, sous mes protestations faiblardes. J'essaie de résister. Peine perdue, il m'attrape à bras-le-corps et me jette sur son épaule avec une facilité déconcertante.

Rustre !

J'ai à peine la force de me sentir outrée. Son épaule appuie sur mon ventre ; heureusement celui-ci est vide, sinon j'aurais probablement vomi. Surtout s'il me balade comme ça. Oula, il ne va quand même pas descendre l'échelle avec moi sur son épaule. Peut-être que je peux encore vomir finalement. Ah non, ouf, j'ai vraiment le ventre vide.

Je me laisse balader, toujours sur son épaule. Je ne sais pas où il m'emmène et je m'en fiche un peu. Peut-être qu'il me ramène au Sanctuaire où je pourrais continuer de me morfondre tranquillement. Cette idée me plaît, alors je me laisse faire mollement.

C'est probablement pour ça que la chute est d'autant plus brutale. Soudain, Chasseur me soulève et je me sens tomber dans le vide pendant quelques secondes… puis plonger dans de l'eau glacée. Le choc et si grand qu'il brise la léthargie dans laquelle je me trouve depuis plusieurs jours.

L'eau s'introduit dans ma combinaison, dans mes yeux, dans ma bouche, dans mon nez. Je me redresse en prenant une grande inspiration. Je n'ai presque pas pied. Sans pitié, Chasseur appuie sur ma tête et la plonge de nouveau sous l'eau. Je me débats, et il me lâche enfin.

— Non, mais tu es complètement cinglé ! Pourquoi tu as fait ça ?!

Il pose ses mains de chaque côté de mon visage et me regarde attentivement.

— Étoile arrête de jouer les statues de glaise ?

J'ouvre, puis ferme la bouche, soudain furieuse.

— Je suis malheureuse, Chasseur ! De quel droit est-ce que tu te comportes ainsi avec moi ? Je porte le deuil !

Il paraît satisfait.

— Étoile est plus jolie quand elle est en colère, déclare-t-il très calmement.

Mes joues s'empourprent, et ce n'est pas de colère. Il ne m'a pas lâchée et son visage est très proche du mien.

— Un homme est mort, Chasseur… je chuchote d'une voix tremblante.

— Des hommes meurent tous les jours, c'est le propre de la vie, Étoile ne peut pas arrêter de vivre parce qu'un homme est mort. C'était ton homme ?

Je secoue doucement la tête, autant que ses mains me le permettent. J'ai l'intime conviction qu'il va se passer quelque chose. Son souffle chaud sur mon visage, sa proximité, je ne sens même plus l'eau froide, j'ai l'impression de brûler de l'intérieur.

— Où est ton homme, Étoile ? Pourquoi n'est-il pas venu te chercher ?

J'entrouvre les lèvres, fascinée par ses yeux bruns.

— Je n'ai pas d'homme, j'avoue d'une voix basse.

C'est vrai, je n'ai pas encore choisi d'Adam, donc techniquement, je n'en ai pas.

Ses lèvres se pressent contre les miennes. Je suis d'abord choquée, je ne comprends pas, pourtant, tout m'apparaît soudain comme une évidence. J'ignore ce que l'on fait, mais c'est merveilleux. Sa bouche et chaude, dure contre la mienne, je sens tout mon corps frissonner face à cette expérience inédite. Il passe sa main dans le dos et mon corps se colle contre lui.

Il est dur, chaud, j'ai envie d'enlever ma combinaison pour mieux profiter de cette sensation. J'ai l'impression que mon cerveau surchauffe. Je ne contrôle plus rien du tout, c'est grisant.

Chasseur s'écarte sans lâcher mon visage me laissant pantelante, perdue. Je me sens… incroyablement heureuse, je ne sais pas pourquoi je souris, je n'arrive pas à garder mon sérieux.

— Ce… c'était quoi ça ? j'ose demander, rougissant de ma méconnaissance.

Chasseur me lance un regard surpris.

— Un baiser.

J'effleure mes propres lèvres du bout des doigts, songeuse.

— Un baiser… je répète.

Il me sourit tendrement.

— Étoile n'a jamais embrassé personne ?

Je secoue la tête. En théorie, je sais comment faire les enfants, et je connais les zones érogènes de mon corps, mais la pratique étant censée arriver au Sanctuaire, c'étaient les Adam qui avaient été éduqués à mener la danse. Il n'y avait jamais rien eu au sujet des baisers dans mon livre d'anatomie.

— Étoile se remet à penser, déclare-t-il avec amusement.

Je lui lance un regard surpris.

— Comment le sais-tu ?

Il tapote entre mes deux sourcils avec son doigt.

— Étoile fait une grimace quand elle réfléchit.

Je rougis.

— N'importe quoi !

Je veux le repousser par jeu, mais il ne me lâche pas. Je réalise alors qu'il ne m'a pas lâchée, que je suis encore pressée contre lui. Et que je n'ai pas envie qu'il me lâche.

— Étoile n'est plus triste ?

Je réfléchis sérieusement à la question.

— Étoile est moins triste… merci.

Il sourit et se penche vers moi. Je sais qu'il va m'embrasser. Peut-être que c'est mal. Je le laisse faire. Je crois que j'aime bien sa bouche… je l'aime bien. Lui. Je ferme doucement les yeux, et il me ramène à la cabane.

La nuit a eu le temps de tomber, le temps qu'on rentre. Il me pose devant ma chambre. Il m'embrasse sur la joue. Il s'en va.

Je ne dors pas de la nuit. Comment pourrais-je ?

CHAPITRE 12

La vie au village est plutôt agréable. Très calme même, et ma première grosse déprime passée, je reprends pied. Il faut dire que la menace de Chasseur d'une douche froide dès que je décline un peu est très persuasive.

Notre relation évolue, on se retrouve souvent, il m'emmène chasser parfois, mais il ne tient jamais très longtemps avant de râler à propos de mon pas d'éléphant. Ça me fait rire, il rit avec moi. Puis on grimpe dans un arbre et on s'embrasse pendant des heures. Je suis bien avec lui.

J'aide aussi au village, même si je ne sais rien faire de mes dix doigts. Je suis une intellectuelle, je connais l'histoire sur le bout des doigts, mais je suis incapable de coudre, de tresser ou de tenir une planche droite.

Le peuple de Chasseur fait preuve d'une compréhension touchante. Ils m'apprennent à reconnaître les baies comestibles, à coiffer les enfants, à teindre les tissus, à tenir une planche suffisamment droite pour la clouer.

Parfois, au cœur de la nuit, après que Chasseur est venu me souhaiter bonne nuit d'un baiser torride qui me laisse songeuse, j'ouvre ma trousse de secours et en sors le flacon de pilules énergétiques. Il en reste juste une au fond, je la contemple longtemps, puis je la range.

La nourriture est exceptionnelle, mon corps découvre ici des sensations, des odeurs, des goûts et des couleurs qui n'avaient jusque-là été que de simples mots sur les pages d'un livre. J'ai l'impression que pour la première fois depuis des siècles, je me réveille enfin, je sors doucement d'un long engourdissement. Parfois, je me mets à pleurer sans raison, j'ai soif de contact, de sensations, je goûte à tout, je mange même de la viande, et j'adore ça. J'ai l'impression d'être tout le temps affamée.

D'autres fois, je songe au Sanctuaire, mais je repousse tout le temps le moment où je vais devoir y retourner. Souvent, j'effleure le bouton pour retirer ma combinaison, mais jamais je ne l'enlève, sauf pour me baigner et pour la laver, comme si quelque part, j'aspire encore à devenir la Eve que je suis destinée à devenir.

Il y a des choses que je déteste aussi. Je déteste quand Chasseur part à la chasse pour revenir blessé, ça m'inquiète terriblement. Je déteste quand il pleut de l'acide, heureusement, il est là pour me prendre dans ses bras, à chaque fois.

Mais je préfère me concentrer sur ce que j'aime. J'aime quand mon Chasseur m'embrasse, quand Sagesse raconte les légendes de son peuple, quand les enfants viennent me demander des histoires du ciel. La vie ici est paisible… mais je sens un vide en moi, comme une tâche inachevée.

Je suis réveillée en sursaut au beau milieu de la nuit par un bruit terrible qui manque de me percer mes tympans. Je me redresse, le cœur battant, l'oreille tendue, me demandant si j'ai rêvé. Mais je sais que non, dehors des personnes courent en hurlant, et le rideau de ma hutte s'ouvre sur Chasseur.

— Mon Étoile, viens voir ça ! s'exclame-t-il, ravi, en me soulevant.

Je ne m'habituerai jamais à sa force, il fait de moi ce qu'il veut, c'est à la fois frustrant et très excitant.

Quand je sors, une vive lumière m'éblouit quelques instants puis s'éteint. Le bruit terrible recommence quelques secondes plus tard, et je m'agrippe de toutes mes forces à mon homme, terrifiée.

— Qu'est-ce qui se passe ? je hurle pour me faire entendre par-dessus le souffle brutal du vent.

— Les Chasseurs d'Éclairs ! me hurle-t-il.

Je ne comprends pas. Puis la vive lumière recommence et je réalise qu'elle vient du ciel et frappe une longue antenne qui redirige les éclairs vers une boîte noire qui ressemble à une batterie. Le bruit assourdissant suit de près cet éclair.

Des Chasseurs d'Éclairs. Je suis subjuguée. Des hommes se servent de l'orage pour remplir une batterie. Soudain, une lumière jaunâtre illumine tout le village. Je réalise que des lampions ont été installés partout et sont ballottés, au gré du vent. C'est magnifique.

Je le lui dis, il me sourit, je lui souris, il m'embrasse. J'aime ses baisers, il me grise, mais ce soir j'en veux plus… je veux tout. Consciente que tout le monde sera trop occupé avec les Chasseurs d'Éclairs pour nous prêter la moindre attention, je lance un regard qui se veut provocant au jeune homme avant de lui prendre la main pour l'entraîner vers ma cabane. Il me suit. Je ne sais pas bien ce que je compte faire ; à vrai dire, je compte sur Chasseur pour prendre les choses en main.

Je me mets sur la pointe des pieds pour quémander un baiser, il se penche vers moi. J'aime sa taille, j'aime sa force, j'aime me sentir petite et protégée près de lui. J'ai envie de sentir sa peau contre moi ce soir.

— Est-ce que tu vas me faire l'amour ce soir, Chasseur ? j'ose demander.

Je rougis tout de même un peu, ce n'est pas vraiment dans mes habitudes. Je triture le bouton de ma combinaison, j'hésite à l'activer pour me débarrasser de cette technologie.

Il me caresse tendrement la joue, son regard brûle de désir.

— C'est ce qu'Étoile veut ?

Je hoche vivement la tête, je me sens prête.

Il m'embrasse. J'aime sa bouche. Elle est dure, ses gestes sont hachés, maladroits mais délicats pour des mains si rugueuses, habituées à la barbarie de la chasse. J'active le bouton de ma combinaison, et le tissu se détend soudain. D'un bref mouvement d'épaule, je le fais glisser, et je me retrouve nue. Chasseur s'écarte de moi, il me regarde. Je n'ai pas envie de me cacher. La lueur des lampions à l'extérieur est suffisante pour me dévoiler à son regard.

Il se jette sur moi. Je perds le contrôle, je m'en fiche, je n'en veux pas. Il me couche au sol, m'embrasse à en perdre haleine. Mon corps hurle au contact de ses mains sur ma peau, personne ne m'a jamais touchée, j'en tremble. Sa bouche descend, caresse mes seins, la sensation est saisissante. Ma peau se couvre de sueur, mon souffle se fait haletant. Il descend encore, lèche mon ventre puis plus bas.

La pratique n'a absolument rien à voir avec la théorie.

Je cambre le dos et me mords la lèvre pour retenir un son qui tente de s'en échapper. Chasseur n'est pas du même avis que moi, il redouble d'ardeur jusqu'à ce que je hurle et explose.

Alors, voilà ce qu'on est censé ressentir.

Je reste pantelante, Chasseur remonte le long de mon corps. Ses vêtements ont disparu, je ne sais où, je m'en fiche, j'apprécie la vue, sans oser descendre mon regard au-delà de son torse.

— Belle, gronde-t-il en m'embrassant.

Je sens mon propre goût sur sa bouche.

— Tu sais honorer une femme, je lâche haletante, alors qu'il se tient au-dessus de moi. Il penche la tête sur le côté.

— C'est mon devoir.

Il dit ça comme une évidence.

— D'honorer les femmes ? je demande, surprise.

Et peut-être un peu vexée. En a-t-il honoré beaucoup d'autres ? Sûrement, il sait ce qu'il fait. Je me sens désavantagée.

— D'honorer Étoile, c'est mon devoir.

Je rougis face à cette déclaration.

— Parce que tu es mon homme.

Il sourit.

— Parce que tu es ma femme.

Je sens mon cœur manquer un battement et j'ai l'impression que des bulles de chaleur courent dans mes veines.

— Alors, montre-moi comment tu m'honores.

Et il le fait.

CHAPITRE 13

Je sens la main de Chasseur caresser mon dos nu, je soupire.

— Chasseur va chasser, chuchote-t-il en m'embrassant derrière l'oreille.

Je marmonne une vague approbation, j'ai mal partout et je doute de sortir du lit avant au moins le milieu d'après-midi. Minimum. Je l'entends s'habiller et il s'en va après m'avoir embrassé une dernière fois.

Dès lors, impossible de dormir.

J'ai couché avec Chasseur. Sans ma combinaison. Je suis morte. Je suis vivante ? Je me sens vivante. Mais l'Arche me pense morte.

Pour la première fois de ma vie, je me sens libre.

C'est merveilleux.

C'est terrifiant.

Où est ma combinaison ?

Je la retrouve là où je l'ai enlevée la veille. Je me jette dessus et l'enfile. Des larmes me montent aux yeux, qu'est-ce que j'ai fait ! Bordel, pourquoi j'ai fait ça ? Je n'aurais jamais dû enlever ma combinaison.

Ils se fichent de toi, s'ils l'avaient vraiment voulu ils seraient venus te chercher depuis le temps.

Peut-être que le GPS ne marche pas ?

Oui, c'est ça, c'est pour ça qu'ils ne sont pas venus me chercher. Je me rassois sur ma couchette. Elle porte encore l'odeur de mon amant. Je ferme doucement les yeux et repense à notre nuit. Décidément, Chasseur sait ce qu'il fait. Il a été si doux, attendant que je sois parfaitement détendue pour venir en moi. Ça a été légèrement douloureux, j'ai saigné.

Je ressens le besoin de me laver. Alors je me lève et sors de ma cabane. Dehors, le monde s'agite déjà. On me salue, on me propose un petit-déjeuner. J'accepte un fruit et je descends pour aller à la rivière. Plusieurs femmes y sont déjà, elles se lavent et jouent avec des enfants dans l'eau. Je les rejoins. J'enlève ma combinaison. Juste quelques minutes. L'eau est un choc, comme à chaque fois. J'ignore si un jour je m'habituerai à cette sensation. Probablement pas.

L'idée de vivre éternellement auprès du peuple de Chasseur m'effleure l'esprit. Ce n'est pas la première fois, mais je sais que ce n'est pas possible. Ce n'est pas vraiment mon monde. Je suis un être génétiquement parfait, mon destin est dans le Sanctuaire, j'y retournerai bientôt. N'est-ce pas ?

Est-ce que Chasseur serait triste si je partais ? Moi, je sais que je vais être très triste de le quitter. Je reste plus longtemps que prévu dans l'eau, avant d'enfin me décider à sortir, quand ma peau commence à friper. Je remets ma combinaison, mais elle m'étouffe, comme une prison confortable, mais une prison quand même. Je chasse ce sentiment et retourne donner un coup de main au village. Je rentrerai au Sanctuaire… bientôt. Pas maintenant. Un autre jour.

Quand je rentre au village, un panier rempli de fruits et de viande séchée m'attend devant la cabane, avec un autre cadeau. Surprise, je m'agenouille, me demandant si quelqu'un a déposé ça là par accident. Je prends le grand arc en bois. Il est magnifique. Chasseur a essayé de m'apprendre à tirer à l'arc et je m'en sors vraiment bien. Je me demande si ça vient de lui. J'espère !

Un sifflement me parvient sur la droite. C'est Sagesse qui arrive. Elle regarde l'arc avec admiration.

— Et bien ! on dirait que Chasseur te fait la cour, s'amuse-t-elle.

— La cour ? je répète, surprise.

L'idée que Chasseur puisse me trouver suffisamment intéressante pour me faire la cour alors qu'on a déjà couché ensemble me laisse songeuse. Je reçois des moqueries et des félicitations tout l'après-midi et j'ai l'impression d'être à ma place ici.

Quand Chasseur revient, il me réserve la meilleure part de sa chasse, sous le regard et les haussements de sourcils suggestifs de Sagesse. Je le remercie pour l'arc, il a l'air fier.

Ce soir-là, je me couche plus tôt que d'habitude. J'ai mal à la tête et froid aussi, alors je me blottis sous l'épaisse fourrure et m'endors assez vite. Je n'ai pas le courage d'attendre Chasseur. J'ai vaguement conscience à un moment donné durant la nuit qu'il me rejoint dans le lit, mais j'ai mal à la poitrine, et les yeux qui pleurent, alors je ne bouge pas. Je me rendors.

Le lendemain, mon mal de tête s'intensifie, j'ai du mal à respirer, alors je reste au lit. À un moment donné, Sagesse entre dans la pièce et me parle. J'arrive à peine à coasser quelques mots intelligibles. Elle repart.

Puis Chasseur vient.

— Mon Étoile, qu'est-ce que tu as ? s'inquiète-t-il.

Je lui marmonne vaguement que tout va bien. Je ne veux pas qu'il s'inquiète, mais j'ai si chaud… je transpire à grosses gouttes, ma combinaison m'étouffe.

— Elle a de la fièvre, dit Sagesse qui est près de moi.

— Alors soigne-là ! ordonne Chasseur.

Sagesse semble hésiter. Je ne suis pas encore assez folle pour ne rien comprendre.

— J'ignore si notre médecine va la soigner ou la tuer.

— Elle nous ressemble…

— Mais elle n'est pas comme nous.

Ils s'éloignent et sortent. Je ne suis pas comme eux. Cette idée me fait de la peine. J'aimerais être comme eux, mais ils ont raison, je suis différente. J'ai grandi dans un monde aseptisé, avec une éducation froide. Ma lignée est parfaite, je ne possède en mon corps aucune maladie génétique, aucune tare. Contrairement à eux. Eux qui ont côtoyé la maladie toute leur vie, eux qui ont eu une éducation rude, eux qui ont évolué en parallèle de mon espèce, mais si différemment.

Ils reviennent.

— Nous allons te donner des médicaments, Étoile, mais il faut que tu saches que ça peut ne pas marcher.

— Sanctuaire… je murmure, la gorge en feu.

Il y a des machines pour me soigner, là-bas.

— Je refuse qu'elle y aille ! déclare Chasseur.

— Soigner… ils peuvent me soigner…

Il me lance un regard sévère. Comme il est beau. Je ferme les yeux, j'ai de nouveau envie de dormir.

Je dors.

Des heures ? Des jours ? Je ne sais pas. Je me sens plus faible à chaque réveil. Parfois, j'ai l'impression que je ne vais juste pas me réveiller. Mes nuits sont sans rêves. Froides. Solitaires.

Non ! Je ne suis pas seule ! Chasseur est là. Il veille sur moi. Parfois c'est Sagesse, et parfois Fille Araignée.

Ils sont là. Je ne suis pas seule… je ne veux plus jamais être seule.

Je pleure.

— Étoile… Étoile, réveille-toi.

J'ouvre difficilement les yeux, j'ai l'impression d'avoir du sable sous les paupières. Chasseur est au-dessus de moi, son visage grave me surplombe. J'aimerais bien qu'il m'embrasse.

Il le fait.

— Je te ramène au Sanctuaire, déclare-t-il.

Une peur me prend. Je veux protester ! J'arrive à peine à parler. Il me lève. Je tombe. Il me prend dans ses bras. Je ne sais pas comment il se débrouille pour nous faire descendre, il y arrive, c'est ce qui compte. J'aimerais me débattre, mais mon corps ne me répond plus. Je me sens impuissante. Je ne veux pas retourner là-bas !

Je pleure. Il m'embrasse. Il dit des choses que je ne comprends pas. Il marche vite. Je perds connaissance. Il marche encore quand je me réveille. Je me rendors.

— On y est…

J'ouvre les yeux. Je ne veux pas qu'il parte.

— Tu restes ?

Il pince les lèvres.

— Chasseur pose Étoile devant la porte, et Chasseur part.

Je me mets à pleurer de plus belle.

— Non !

— Ils te soigneront, là-bas ?

Je veux lui mentir, si je lui mens, il me ramènera au village…

— Oui…

Je ne sais pas mentir, on ne me l'a jamais appris.

Il avance à découvert, je sens qu'il se raidit, je sais qu'il est mal à l'aise.

Pour la première fois, je vois le Sanctuaire pour de vrai. Un dôme de fer et de verre immense qui n'a pas sa place dans une forêt. Le Sanctuaire est entouré d'herbe, qui le sépare de plusieurs mètres de la forêt. Chasseur s'avance à découvert. Soudain j'ai peur pour lui, et s'ils le prenaient pour un ennemi ?

La porte s'ouvre. Avant de l'atteindre, il me pose au sol. Il se penche sur mon oreille.

— Je reviendrai, je serai là tous les jours… si tu veux revenir…

Il retire de son cou son médaillon, son éclair en boîte, et me le donne.

— Étoile n'oubliera pas Chasseur, hein ?

Je sais que si je rentre dans cette boîte, je n'en sortirai jamais.

— Non, jamais, je chuchote.

Des cris.

Il se lève et part en courant vers la forêt. De l'agitation. Je ferme fort les yeux en serrant dans mon poing ce dernier cadeau.

On me prend, on me soulève, on m'emmène à l'intérieur.

Il faut que je voie. J'ouvre les yeux, je regarde vers la forêt. Il n'est plus là.

La porte se referme derrière moi, et je sais que c'était mon dernier regard vers la liberté.

CHAPITRE 14

Terre, 23 janvier 3021, 15 h 45.

Les tubes de soin sont comme dans mon souvenir. J'y entre nue, et pendant une heure, des rayons bleus tournent autour de moi. D'habitude, ça m'apaise. Ce jour-là, pourtant, je me sens claustrophobe, je veux sortir de cette boîte le plus vite possible.

— Reste tranquille, Eve18, les soins sont presque terminés, me dit la voix de Eve16 dans le haut-parleur.

Eve18… ça fait si longtemps que personne ne m'a appelée ainsi. Des mois, j'ai l'impression. À peine quelques semaines, pourtant.

Quand la porte de la capsule s'ouvre, je me redresse immédiatement, alors qu'il est préconisé d'attendre un peu. Je me lève, mes jambes me lâchent.

— Eve18 ! râle Eve16.

Elle est petite et rousse, elle ne me ressemble pas du tout. Elle me tend une blouse blanche, bien différente de mes combinaisons termolactyles. Celle d'Eve16 est identique à la mienne, à la différence près de la petite croix rouge qui indique son grade.

Je tente de me lever à nouveau, je fais confiance à mes jambes, puis, pudique, j'enfile rapidement la blouse et je vais m'asseoir sur la table d'auscultation.

— Tu as eu beaucoup de chance, Eve18, heureusement que ce sauvage t'a ramenée, tu étais atteinte d'une grippe, tu aurais pu mourir !

Je pince les lèvres en songeant à Chasseur. Je sais qu'il est là, quelque part, dehors. En danger peut-être, à cause de moi.

— Allons, Eve19 t'attend à coté avec une nouvelle combinaison, elle a regardé la tienne pour trouver le dysfonctionnement.

Je me raidis involontairement. Ma combinaison n'avait pas de dysfonctionnement. Je frissonne dans la robe qu'Eve16 m'a offerte avant de passer dans la pièce à côté.

L'infirmerie du Sanctuaire est très semblable à celle de l'Arche. Trois pièces blanches et aseptisées, séparées par des cloisons de verre qui peuvent s'opacifier. Le bureau d'Eve, la pièce de consultation et une chambre de repos.

Eve19 m'attend dans la chambre. C'est une belle brune, très grande, avec des cheveux chocolat qui tombent en ondulations splendides jusqu'à sa taille. La coiffure des Eve est choisie selon leur morphologie et leur taille, moi j'ai hérité d'un carré lisse, et je ressens pour la première fois un peu de jalousie face aux belles boucles d'Eve19. Mais celle-ci ne m'offre pas le loisir de m'attarder sur le sujet.

— Voici ta combinaison, Eve18, je l'ai récupérée dans le stock, elle est en tout point pareille à celle que tu portais en arrivant.

Je l'attrape sans un mot, ressentant une certaine réticence à enfiler de nouveau ce carcan de tissus. Mais je le fais tout de même. Je vais derrière le paravent et ôte ma robe d'hôpital pour laisser le nano-tissus frais et technologique envelopper mon corps comme une second peau très solide.

Quand je sors, Eve19 me regarde attentivement.

— J'ai aussi jeté un coup d'œil à la combinaison que tu portais quand tu es arrivée… Elle était en parfait état.

J'essaie de garder un air naturel, de ne pas me braquer. Les Eve ne mentent pas. Jamais. Je n'ai pas de raison d'avoir l'air suspect. Alors je hausse vaguement les épaules en la fixant droit dans les yeux.

— Des interférences… probablement.

Eve19 esquisse un sourire, semblant prendre mes paroles pour argent comptant.

— Tu as peut-être raison.

La brune me tend une oreillette, qui complète ma combinaison. Normalement elle est censée s'incruster dans mon oreille, mais Eve16 me l'a déconseillé, suite à mes blessures récentes.

— Tiens, dépêche-toi de l'activer, la Commandante a hâte de pouvoir te parler.

L'ancienne a été extraite par une soigneuse du peuple de Chasseur, après qu'elle s'est fracturée dans mon oreille lors de mon atterrissage mouvementé. J'hésite à mettre celle-là. Le silence dans ma tête a été un tel plaisir… une angoisse aussi. J'enfile l'oreillette.

— Eve18 ! chantonne la voix de la Commandante. Je suis si heureuse de te retrouver enfin. Tu nous as fait si peur !

— Je suis désolée, Commandante, mais je vais bien maintenant ! je réponds mécaniquement.

C'est comme retrouver une voix aimante perdue depuis longtemps, je me sens rassurée, sereine. Enfin.

— Je suis sûre que tu as des milliers de choses à nous raconter, mais avant tout, il faut que tu saches que nous n'avons jamais douté que tu étais encore en vie ! Ta combinaison continuait de nous envoyer par intermittence tes signes vitaux, même si parfois elle se coupait sans raison.

— Probablement un dysfonctionnement.

Seulement après l'avoir dit, je réalise que je viens de mentir à la Commandante. Je me sens honteuse, et je veux me rattraper, mais elle ne m'en laisse pas l'occasion.

— C'est ce que nous nous sommes dit aussi ! Je te connais bien, ma fille ! Je sais que jamais tu ne l'aurais enlevée ! J'ai une entière confiance en toi ! Mais trêve de bavardages, tu dois avoir tellement hâte de rencontrer les autres !

Je me demande si elle va me parler de la mort d'Adam19, mais elle ne dit rien de plus, alors je réponds.

— Oui, il me tarde de les rencontrer.

Je n'ai qu'un vague souvenir de plusieurs personnes m'emmenant en infirmerie avant que Eve16 ne les chasse.

— Merveilleux ! Ils t'attendent tous dehors ! Vas-y à ton rythme !

J'ai un sourire amer. Mon rythme, c'est-à-dire maintenant. Je lance un regard à la caméra. Je sais que ma nudité n'a pas été retransmise, mais que maintenant que je suis habillée, ils n'ont rien raté de ma discussion. Je ne peux pas les faire attendre, alors je me lève et je m'approche de la porte coulissante, essayant de paraître assurée sur mes jambes.

La porte s'ouvre d'elle-même dans un nuage de fumée désinfectante. Je sors.

Comme l'a promis la Commandante, tous mes compatriotes m'attendent. Instinctivement, je compte, mais je sais… je l'ai vu à l'instant exact où je suis sortie. Je compte quand même.

19 Eve… et 20 Adam.

J'ai l'impression que mon cœur cesse de battre. Il est inratable, au milieu des autres, grand, brun, il est le seul à me dévisager avec une lueur étrange dans le regard… la lueur de celui qui sait ce qu'il y a dehors. Je suis à la fois dévastée et terriblement heureuse. Si heureuse que je ne réfléchis pas. Je cours vers lui, faisant fi des convenances, et je me jette dans ses bras. Je sais que mon geste défie toute logique, Adam19 ne le comprend pas non plus. Il paraît choqué, hésite.

— J'ai cru que tu étais mort… je chuchote, hallucinée, sans le lâcher.

Il est raide, mais, doucement, il pose une main derrière ma tête.

— Eh bien ! quelle joie de voir qu'Eve18 est heureuse de nous retrouver ! s'amuse la Commandante.

Mais dans sa voix j'entends un avertissement, alors je me dépêche de me détacher du jeune homme. Prendre les hommes de la Terre dans mes bras est devenu une habitude, que ce soit Sagesse ou Chasseur, le toucher, les câlins… tout ça est devenu naturel pour moi. Pour ne pas dire vital. Mais pas ici. On se doit de garder une distance respectable entre nous, ça fait partie des règles de bienséance que l'on a appris et que l'on enseignera à nos enfants.

— Pardon… je… j'ai vu ton corps ! Il était complètement… enfin j'ai vu ton corps.

Il hoche la tête.

— Les pluies acides, on a vu ça, ouais, pas aussi paradisiaque qu'ils nous l'annonçaient.

Il grimace, signe que la Commandante a fait un commentaire privé pour le réprimander. De quel droit nous plaignons-nous d'être sur Terre ?

— Ce n'était pas moi, mais un des sauvages qui traîne dehors, poursuit Adam19. Il m'a attaqué, mais j'ai réussi à m'échapper. J'ai eu plus de chance que toi et je me suis échoué près du Sanctuaire.

Je suis sous le choc. Le cadavre était celui d'un Natif ? En même temps, il aurait été impossible de faire la différence, l'acide avait tout détruit. J'ai envie de parler à Adam19, j'ai le sentiment qu'il peut me comprendre, que lui seul le peut, parce que lui seul sait ce que ça fait d'être dehors. Même si visiblement son voyage a été plus court que le mien.

— Oui ! Eve18, si l'envie t'en prend, nous serions ravis que tu nous racontes tes aventures dehors, ça a dû être terrifiant, mais tu n'as plus rien à craindre maintenant. Tu es ici en sécurité, et plus jamais tu n'auras la nécessité de sortir !

Je me force à sourire. Pourtant, ces mots m'ont glacée, comme une condamnation à mort plus que des paroles réconfortantes.

— C'est formidable… mais peut-être plus tard.

Je ne veux pas raconter ma rencontre avec Chasseur, je veux que cette histoire reste pour moi. Je veux chérir ces souvenirs, je refuse de les laisser les entacher. La manière dont ils désignent les hommes de la Terre ne m'a pas échappée. Sauvages. Quel horrible mot !

— Juste une question… Commandante.

— Oui, Eve18 ?

— Est-ce que vous saviez qu'il y a des humains sur Terre ?

La Commandante a un rire cristallin.

— Allons ! Eve18 ! Ces sauvages n'ont rien à voir avec des humains, ce sont des animaux, rien de plus ! Bien sûr, nous ignorions quel genre de forme vivante pouvait grouiller sur cette planète, et malgré les nombreux scans, aucune présence de la sorte n'avait été détectée. C'est qu'ils ne doivent pas être bien nombreux. Tu n'as plus à te soucier d'eux, d'accord ?

La discussion est close. Elle a balayé ma question comme si ça ne changeait rien. Alors que, si, ça change forcément quelque chose. Ou en tout cas, j'aimerais que ça change quelque chose.

— D'accord.

Eve1 s'approche de moi en souriant. Notre première née est blonde aux yeux bleus, toute aussi parfaite en beauté que nous toutes. Malgré moi, je porte une main aux petites cicatrices qui déforment mon visage, là où les quelques gouttes d'acide m'ont atteinte. Je ne suis plus si parfaite que ça. Eve16 a dit qu'une petite chirurgie pourrait arranger ça, mais je ne sais pas si j'ai vraiment envie de faire disparaître ces marques que Chasseur à maintes fois embrassées en les appelant ses constellations.

— Je vais te montrer la maison où tu vas vivre, le temps que tu fasses connaissance avec les Adam. Après ton mariage tu déménageras chez ton époux. Maintenant que nous sommes toutes présentes, on va pouvoir sérieusement commencer à faire connaissance. Par souci d'équité nous avons limité nos contacts avec eux afin que tu ne sois pas désavantagée lorsque tu reviendrais. Nous sommes heureuses que tu sois de retour parmi nous ! Le programme Nouvel Eden peut enfin commencer !

Elle a l'air emballée. Je lance un bref regard derrière moi, mais quel que soit l'endroit où je pose mes yeux, je ne vois que du fer et du verre qui m'entoure… me protège… m'enferme.

Me protège.

La maison que me montre Eve1 est très jolie, grande aussi, et très fonctionnelle. C'est une maison américaine que j'avais vue dans les livres d'images holographiques. Le genre maison de rêve parfaite.

Les paroles de Sagesse me reviennent.

Ça m'a l'air d'être une très confortable prison.

Elles prennent soudain tout leur sens.

Très confortable… c'était certain.

CHAPITRE 15

Terre, 26 février 3021, 20 h 23.

Les jours qui suivent sont si chargés que je n'ai presque pas le temps de penser à Chasseur et aux Natifs. À vrai dire, je reprends si vite mes habitudes que cette aventure prend le goût d'un rêve qui s'efface déjà. Le matin je suis réveillée tôt, et j'étudie l'histoire dans ma chambre. À midi nous nous retrouvons tous dehors pour récupérer nos pilules, et nous partageons des activités physiques ensemble, ce qui nous permet d'interagir. Je remarque certaines similarités entre le comportement des Adam et celui de Chasseur, comme leur désir irrépressible d'être les meilleurs et d'attirer notre attention. Il faut croire que certains comportements sont ancrés dans l'espèce.

Je passe aussi beaucoup de temps avec Adam19. Il espère me soutirer des informations sur les terriens, mais je sens une véritable animosité de sa part, alors je préfère ne rien dire.

L'après-midi, on a des cours pratiques, et on y apprend des choses. Parfois à synthétiser les molécules que l'on mange pour pouvoir subvenir à nos besoins par nous-mêmes, parfois à coudre, à peindre, à broder, à apprendre la mécanique. On apprend à réparer les robots qui nous servent, on échange notre savoir.

Chaque Eve a été élevée pour une tâche précise. Moi c'est l'histoire, Eve16 la médecine, Eve1 la gouvernance. En parallèle, les Adam aussi. Adam18 est un féru d'histoire, mais je n'aime pas parler avec lui, il n'a aucun regard critique. J'ai eu beau lui demander son avis sur la Grande Fuite vers l'Espace, il ne cesse de répéter que personne n'a été laissé derrière. Or, c'est forcément faux, l'homme est une espèce unique, seuls d'autres survivants sur Terre auraient pu se reproduire pour créer le peuple de Chasseur.

Le temps passe, je pense de moins en moins à Chasseur. Je sais qu'Adam19 va m'être assigné, c'est celui avec qui je m'entends le mieux. Une ou deux fois, je m'approche de la porte d'entrée, faisant mine de me balader, mais elle est obstinément fermée et sans avoir à demander, je sais que je n'ai pas les autorisations requises pour l'ouvrir.

Un soir, un peu plus d'un mois après mon retour, la Commandante nous réunit tous dans le bâtiment principal, qui n'est en fait qu'une très grande salle, qu'on pourrait assimiler à un gymnase. Il fait aussi office de mairie, et lorsque nos premiers enfants naîtront, il deviendra une école provisoire. L'idée est d'agrandir le Sanctuaire en fonction du nombre de ses habitants, afin qu'il s'auto-génère tout en limitant la place que nous prenons.

Ainsi, les grandes maisons angoissantes qui nous ont été assignées peuvent très facilement à l'aide des robots être remplacées par des immenses immeubles aux appartements plus restreints, mais faits pour les familles. Lorsque j'ai demandé lors de la réunion d'information pourquoi il n'y avait pas d'appartement pour célibataire, la Commandante m'a gentiment mais fermement rappelé que les célibataires n'existeraient pas, puisqu'à chaque enfant né on assignera une Eve ou un Adam de la nouvelle génération, créé sur l'Arche et envoyé au Sanctuaire à ses vingt ans après un apprentissage rigoureux. Ce rappel brutal que nous étions la première et dernière génération à avoir droit de faire un choix m'avait cloué le bec.

Le vrai avantage, c'est qu'Étoile peut choisir un compagnon de vie ! avait dit l'une des femmes. Je me souviens encore que j'avais trouvé cette idée loufoque la première fois.

Ou pas ! C'est le choix d'Etoile, avait ajouté Sagesse. Le choix de prendre, ou pas, un homme. Je songe de nouveau à Chasseur. Ça fait des jours que je n'ai pas pensé à lui. Je me demande s'il est dehors, s'il m'attend.

Probablement pas, il t'a déjà oubliée, raille la petite voix de la vérité dans ma tête.

Pourquoi Chasseur se souviendrait-il de moi ? Une femme a-t-elle choisi d'en faire son compagnon de vie ? Cette idée m'exaspère. Elle ne devrait pas. Je le sais, ma réaction n'est pas logique. Je suis désormais une Eve du projet Nouvel Eden, et plus son Étoile. J'aimerais encore être son Étoile…

— Eve18 ? appelle la Commandante.

Je relève la tête, surprise, vers l'immense écran qui nous retransmet avec un léger décalage l'image de notre dirigeante.

— Oui, Commandante ?

— Eh bien, tu m'as l'air distraite ce soir, probablement le stress.

Je me force à sourire.

— Désolée, Commandante.

Les autres rient doucement, nous sommes tous un peu inquiets, car ce soir notre compagnon de vie… je veux dire, notre Adam ou notre Eve va nous être assigné selon nos préférences. Nous avons voté à l'aide des tablettes qui nous ont été données sur place. J'ai choisi Adam19, même si je ne veux pas vivre avec lui. Je ne nous trouve aucun point commun, hors du fait qu'on ait tous les deux mis les pieds hors de cette… de ce dôme. J'ignore comment fonctionne le choix, probablement un peu de notre avis personnel et beaucoup de compatibilité génétique.

— Bien, maintenant que nous sommes tous là et concentrés, nous pouvons commencer.

Malgré moi, je retiens mon souffle lorsque les premiers noms sortent.

— Eve1 et Adam20

Du coin de l'œil j'observe la jeune blonde, notre aînée, et elle fait une drôle de tête, comme si elle s'était attendue à autre chose. La Commandante s'explique.

— Vos gènes vont parfaitement se compléter pour donner de magnifiques bébés blonds aux yeux bleus, et surtout, vous êtes compatibles sur le plan caractériel. Eve1 tu es beaucoup trop sérieuse, j'ose espérer que la jovialité d'Adam20 t'aidera à te souvenir que tu es jeune ! Il faut que tu t'amuses… ou que tu assagisses Adam20.

Éclats de rire. Adam20 est connu pour faire le pitre à longueur de temps, je n'arrive pas à me souvenir quelle est sa spécialité.

Eve1 hoche la tête.

— Merci de votre prévenance, Commandante, je suis certaine que nos enfants seront magnifiques.

Notre cadet ne dit rien.

Les noms défilent, mais je ne vois pas le mien. La Commandante explique toujours ses choix : la génétique d'abord, puis le caractère. Toujours, elle trouve un défaut à l'un que l'autre comble, et inversement. Ce qu'elle dit est pertinent, mais plus le temps passe, plus le sentiment que le choix était couru d'avance me perturbe. Toutes les Eve remercient la Commandante, parfois il y a des échanges de regard vers les Adam, qui semble ravis ou non de leur Eve.

Quand enfin mon nom est cité, je suis tellement stressée que je manque de bondir de mon siège. Je ne me souviens plus qui a déjà été appelé. Quelle idiote !

— Eve18 et Adam1.

Je suis tellement surprise que j'ouvre à peine la bouche. Adam1, au même titre qu'Eve1, a été éduqué pour être un dirigeant. À vrai dire, tout le monde s'attendait à ce qu'ils soient assemblés. Je lance un regard à mon prétendant, il me sourit, il a l'air satisfait. Tant mieux pour lui ; moi, je ne sais pas quoi en penser. Je suis mitigé, je ne vois pas en quoi son caractère s'accorderait aux mien, nous ne sommes même pas amis.

Je réalise, un peu tard, que l'explication de la Commandante m'est complètement passée au-dessus de la tête. Voilà, je ne vais jamais avoir de réponses !

Les dernières Eve se retrouvent vite accordées avec leur Adam et la Commandante nous libère, nous répétant une dernière fois que nos mariages se dérouleront demain et que d'ici là on peut passer tour à tour à l'infirmerie pour s'assurer que nos statistiques sont impeccables.

Je lis entre les lignes, la Commandante veut être sûre que nous sommes toujours viables pour donner naissance. Cette idée m'exaspère, mais je vais comme toutes les filles prendre rendez-vous auprès d'Eve16. Les Adam s'inscrivent auprès d'Adam16.

La journée du lendemain est remplie de préparatifs, entre la décoration de la salle de fête pour les mariages simultanés – vingt mariages en même temps au même endroit, du jamais vu – et les rendez-vous à la pelle, personne n'a le temps de se reposer. Pourtant, et presque instinctivement, je m'isole de mes compagnons pour aller marcher près des parois du dôme. Ce n'est pas clairement interdit, mais je sais que la Commandante désapprouve mon comportement.

Je regarde à travers la vitre, mais il n'y a personne ne l'autre côté – évidemment. Je me sens un peu déçue alors je retourne au centre du dôme. J'ai eu beaucoup de temps pour visiter le Sanctuaire, il n'y a qu'un seul lieu où je me sens bien. Je me dirige donc vers le grand arbre de la place centrale, le seul arbre d'origine, les autres ayant été ajoutés après la construction pour la décoration. Je suis surprise de découvrir Adam1 adossé à celui-ci.

Il me fait un sourire charmant qui me laisse de marbre et me tend quelque chose.

— Une pomme ? Tu devrais goûter, elles sont vraiment délicieuses.

Je le dévisage.

— C'est Eve qui tente Adam avec la pomme, pas l'inverse, je fais remarquer.

Il éclate de rire avant de croquer à pleines dents dans le fruit.

— On réécrit la Bible, on peut bien changer certains détails ! rétorque-t-il.

— On n'a pas le droit de manger ces fruits.

Il me fait un clin d'œil.

— Pas forcément tous les détails !

Malgré moi, je souris. On ne peut pas lui enlever le fait qu'il a du cran.

— Je sais que tu t'attendais à être casé avec Adam19, je suis désolé si je ne suis pas celui que tu voulais.

Je secoue doucement la tête.

— Adam19 est insipide. Et ignorant.

Je lance un regard vers le dôme, au-dessus de ma tête.

— Ce n'est pas parce qu'il sait ce que ça fait d'être dehors qu'il est comme moi.

— Je te trouve dure, 19 n'a pas eu la chance de tomber sur un gentil sauvage pour le sauver.

Je tourne la tête vers lui.

— Qu'est-ce que tu insinues ?

Il me lance un regard surpris.

— Rien, juste que tu as eu de la chance. Tu aurais pu mourir dehors, Evy, et le programme aurait vraiment été foutu !

Je pince les lèvres.

— Ne m'appelle pas Evy, je m'appelle Eve18 ! Et je doute qu'à moi seule je puisse faire dérailler tout le programme.

Nouvel Eden ne pouvait pas se baser sur quelque chose d'aussi fragile que la désertion d'une seule personne. N'est-ce pas ?

— Et bien, si tu venais à disparaître, commence-t-il en me lançant un regard très sérieux, un Adam se retrouverait sans Eve, voué à être seul, pour toujours. Par ta faute.

Je sens mon cœur se serrer. La menace est très claire.

— Il faut que j'y aille.

Il hausse un sourcil.

— Déjà ? On vient à peine de faire connaissance.

— J'ai rendez-vous avec Eve16. On fera connaissance ce soir.

Lors de la nuit de noces. Je suis inquiète. Et si Adam1 réalise que je ne suis plus vierge ? Une telle chose est-elle seulement possible ? Je l'ignore et ça m'angoisse.

Je n'ai pas vraiment menti à Adam1 en partant, l'heure est venue pour moi de passer entre les mains expertes d'Eve16. L'infirmerie est exactement la même que la première fois que je suis venue. Il n'y a pas la moindre touche de personnalité. Trois machines de soin sont alignées tout au fond, une porte vitrée donne sur un bureau où Eve16 termine de rédiger un rapport. Une table d'auscultation similaire à celle du Docteur Lewis trône au centre, avec un chariot en métal où la doctoresse pose tous ses instruments.

— Eve18, je suis à toi dans une seconde.

Je m'assois sur la table en attendant que ma compagne ait terminé. Cet endroit est austère, il ne ressemble en rien à l'infirmerie des Natifs, toujours pleine de vie et de couleurs. Je me demande si sur les murs fleuriront les dessins de nos enfants. Je me sens étrangement triste à cette idée. À l'idée d'avoir des enfants ici.

Eve16 se libère et vient me voir. On ne parle presque pas, elle me pose des questions basiques – à quand remontent mes dernières règles, si je me sens bien. Je réponds que je n'ai pas eu mes règles depuis que j'ai quitté l'Arche, mais je ne suis pas inquiète, car elles sont loin d'être régulières. J'ai eu quelques nausées récemment, mais je pense que ce sont les réminiscences de ma maladie. En vérité, je me demande si ce n'est pas juste vivre ici qui me rend malade.

Elle me fait passer dans le scanner et pour ça je suis obligée de me séparer du collier offert par Chasseur, son « éclair en boîte » comme il l'appelle. Elle me l'avait rendu après m'avoir autorisée à sortir de l'infirmerie, m'incitant à aller le jeter dans la benne à recyclage. Je l'ai soigneusement conservé contre mon cœur, en dessous de ma combinaison pour que personne ne le voie. Elle a le bon sens de ne faire aucun commentaire et le pose sur son chariot. Elle me fait aussi une prise de sang, qu'elle fait analyser par son ordinateur avant de prendre mon pouls et de faire tout un tas d'autres auscultations dont je ne comprends pas l'utilité.

Une fois qu'elle m'a examinée de long en large et en travers, elle me fait m'asseoir sur la table.

— J'ai encore quelques questions à te poser, il faut que tu aies conscience que cet endroit est entièrement insonorisé et que j'ai prêté le serment d'Hippocrate. Tout ce que tu me diras restera entre nous, d'accord ?

Je me fige, soudain inquiète.

— Eve18, est-ce que tu es encore vierge ?

— Oui.

Le mensonge a coulé si facilement hors de mes lèvres que j'en parais presque convaincante.

Pourtant, au vu de la tête que tire Eve16, elle ne me croit pas.

— Eh bien, tu dois être une sainte, alors.

— Pourquoi ? je m'étonne, sur la défensive.

— Eve18… tu es enceinte.

CHAPITRE 16

Terre, 27 février 3021, 14 h 12.

Ma surprise est si grande qu'aucun son ne sort de ma bouche et d'instinct, je pose ma main sur mon ventre plat. Enceinte… enceinte ?

Je pense à Chasseur, le seul homme avec qui j'ai fait l'amour. Il ne m'était même pas venu à l'esprit que j'aurais pu tomber enceinte de lui, ce n'était arrivé qu'une fois ! Une seule et unique fois ! Les probabilités… eh bien, elles n'étaient pas nulles, mais disons qu'elles n'étaient pas favorables non plus ! Et puis nos deux espèces ne pouvaient pas être compatibles… si ?

— Bois, ordonne Eve16 en me tendant un verre d'eau.

Je le bois entièrement. Sur Terre, il est plus facile de se procurer de l'eau liquide, et tout le monde a pris l'habitude d'en boire plutôt que d'en manger.

— Je ne dirai rien, 18, seulement, je te conseille de t'accoupler le plus vite possible avec Adam1 et de prier pour que l'enfant lui ressemble un peu. S'il survit.

À son regard, je sais qu'elle se doute de l'identité du père. Je suis tellement choquée que je ne proteste même pas. Je me lève et sors.

Enceinte, véritablement enceinte. Incompréhensible, cette idée me rend heureuse !

Mais c'est rapidement la douche froide. Chasseur n'est pas au courant… Il devrait être au courant, être heureux avec moi… Nous construire une cabane, pour moi et notre enfant. Cette idée me fait rire, imaginer Chasseur devenir Bâtisseur. Je commence presque à comprendre son raisonnement. Ce n'est qu'à mi-chemin vers ma maison que je réalise que j'ai oublié mon pendentif à l'infirmerie. Retenant un juron je fais demi-tour et rentre en trombe dans la pièce. Comme elle n'est pas fermée à clé, je suppose qu'il n'y a aucune consultation. J'attrape la pile accrochée à une chaîne et m'apprête à repartir quand je me fige à la vue de la scène qui se déroule dans le bureau aux parois transparentes.

Eve16 et Eve19 s'embrassant fougueusement.

Oh.

Eve19 tourne vivement la tête vers moi et le désarroi se peint sur son visage.

— Eve18, ce n'est pas ce que tu crois ! s'exclame-t-elle brusquement en sortant du bureau.

Je suis soufflée par la révélation que je viens d'avoir.

— Vous êtes amoureuses…

Eve16 rougit doucement, Eve19 aussi, probablement, mais sa peau est trop foncée pour que ça se voie réellement.

— Tu vas nous dénoncer ? demande doucement 19.

Mais je ne l'écoute déjà plus. Les voir toutes les deux s'échanger ce baiser torride m'a fait prendre conscience de quelque chose de primordial. J'ai un rire nerveux tellement cette faille dans le programme me semble absurde.

— C'était parfait, je chuchote, tout était absolument parfait. Le programme avait été réfléchi dans les moindres détails… La Commandante a tout pris en compte, elle a soigneusement sélectionné nos gènes pour qu'on soit les plus parfaits représentants de notre espèce. Elle n'a rien laissé au hasard… sauf une chose. Une unique chose qu'elle n'a pas en son contrôle…

Les deux Eve se lancent un regard curieux.

— Quoi ?

Je relève mes yeux vers elles, absolument euphorique. Pour la première fois de ma vie, tout semble clair, terriblement clair.

— Nous.

Elles ne me comprennent pas, mais quelle importance, moi je me comprends. La Commandante peut faire tout ce qu'elle veut, autant de manipulations génétiques qu'elle veut, autant de programmation de nos esprits, il y a une chose qu'elle ne peut pas contrôler, c'est Nous. Nous avec un grand « N », notre être, notre personne, celui ou celle que nous sommes. Elle peut essayer, mais elle n'arrivera jamais à *Nous* enfermer dans cette vie qui nous déplaît. Les Eve sont amoureuses ! Amoureuses ! elles ont choisi de s'aimer malgré le programme !

Et si elles ont suffisamment de courage pour ça, pour aller à l'encontre de tout ce qu'on nous a été appris, alors je me dois, moi aussi, d'avoir du courage. Je quitte l'infirmerie à grands pas, laissant les deux jeunes femmes dans leur désarroi d'avoir été surprises.

Je m'approche de la porte, à la vue et au su de tous, sans me cacher, fière.

— Eve18, ici la Commandante, ta combinaison nous rapporte un rythme cardiaque élevé et inhabituel…

— Vous avez tort, Commandante ! Mon rythme cardiaque est normal, parfaitement normal !

— Eve18, pourquoi est-ce que tu t'approches de la porte ?

Je me souviens encore de Chasseur me parlant de son collier.

« Il y a tellement d'éclairs là-dedans, que je pourrais éclairer tout le village juste avec ça. »

— Vous ne nous contrôlez pas, Commandante.

J'entends derrière moi les Eve et les Adam s'approcher, ils semblent agités comme s'ils comprenaient qu'il se passait quelque chose, mais n'arrivaient pas à savoir quoi.

— Eve18, je t'ordonne de te calmer avant de faire une bêtise que tu regretteras.

Voilà qu'elle reprenait le ton de mon enfance, lorsque je faisais des caprices.

— Vous pouvez essayer de toutes vos forces de contrôler nos vies, ce qu'on mange, où on habite, avec qui on fait l'amour et on a des enfants, mais

Nous en tant que personnes, vous échappons complètement. Nous ne sommes pas des robots !

— Eve ! Tu es complètement folle !

— Non, Commandante, pour la première fois de ma vie, je suis parfaitement lucide. Je ne veux pas être une Eve du programme Nouvel Eden.

Des murmures de stupéfaction se font entendre dans mon dos. Pourtant, cette déclaration est une évidence. Je n'ai jamais voulu faire partie de ce programme. Enfant, je faisais des caprices pour pouvoir sortir, pour avoir des amis, pour jouer et être comme les autres. Avec le temps, ces caprices avaient été domptés, j'avais été étouffée. J'approche ma pile de la porte.

— Cette vie-là ne me convient pas, parce que je suis amoureuse, Commandante, pas d'un Adam, mais d'un Chasseur.

— Eve ! Tu ne peux pas partir ! Sans toi un Adam sera seul.

— Alors envoyez quelqu'un d'autre ! Moi, je refuse d'être votre marionnette plus longtemps !

Depuis un mois, je passe près de cette porte, je l'étudie inconsciemment, comme si intérieurement j'avais décidé de partir avant même que le déclic se fasse. J'attrape une pierre – là pour faire jolie, comme tout dans ce décor factice – et frappe à plusieurs reprises contre le panneau de contrôle bleuté.

— Eve18, arrête ça immédiatement !

Des alarmes se mettent à hurler tout autour de moi, alors que des étincelles grésillent autour des câbles mal en point. Je sais comment le panneau fonctionne, parce qu'en manque de lecture, je me suis intéressée au système de sécurité du Sanctuaire. Parce que, soucieuse de ne pas voir ses précieux cobayes mourir dans le dôme en cas d'accident grave qui nécessiterait une évacuation, la Commandante a ajouté une faille. Un moyen de coupler les batteries de notre combinaison avec l'écran de contrôle pour ouvrir les portes. Des informations que seuls les premiers possèdent, mais qui sont en libre accès pour qui les chercherait. Je sais parfaitement où placer ma pile, usant de l'énergie qu'elle contient pour provoquer un court-circuit.

Aucun Adam ni aucune Eve ne m'arrête, la Commandante hurle, mais je ne l'écoute pas, les robots sont foncièrement pacifiques. Je lie les câbles à la pile et en quelques secondes seulement la porte se désactive et s'ouvre dans une gerbe d'étincelles.

La Commandante me hurle d'arrêter ça immédiatement. Je sors. Je m'arrête, fixant l'orée de la forêt. Peut-être que Chasseur n'est pas là… mais j'irai quand même.

— Eve ! Tu es la mémoire de l'humanité ! Tu ne peux pas abandonner le programme.

L'humanité savait qu'elle n'avait pas pris tous les humains de la Terre pour les mener à l'Arche, elle le savait, mais elle a écrit le contraire dans ses livres d'histoire et nous l'a inculqué pendant mille ans.

— C'est faux, je suis la mémoire corrompue de l'humanité, l'histoire est écrite par les vainqueurs, Commandante, et ce n'est pas cette histoire-là que je veux véhiculer. Cette histoire-là peut bien partir aux oubliettes !

Je songe aux contes emplis de mystère de Sagesse. Peut-être qu'ils sont faux, eux aussi, mais au moins, elle n'essaye pas de les faire passer pour autre chose que ce qu'ils sont : des légendes avec un fond de vérité.

Je prends une profonde inspiration en voyant Chasseur, toujours aussi beau et viril, sortir du bois. Il ne s'approche pas, il se contente de me regarder de là où il est. C'est à moi de venir jusqu'à lui. Je sens mon cœur rater un battement. Oui, décidément, je l'aime.

— Et je ne m'appelle pas Eve18, je m'appelle Étoile.

— Étoile ? s'offusque la Commandante. Quel drôle de nom !

Je ris.

— Oui, mais au moins il veut dire quelque chose. Adieu, madame.

Je retire mon oreillette. Je ne veux plus l'entendre, je n'ai plus besoin de l'entendre. Sans hésiter, je me dirige vers Chasseur. D'abord en marchant, mais à mi-chemin je me mets à courir. Il ouvre les bras pour me réceptionner et pour la première fois depuis vraiment longtemps j'ai le sentiment d'être chez moi. Il se penche vers moi et m'embrasse avec fougue et devant tout le monde, j'en reste pantelante de bonheur.

Je lance un regard aux Eve et aux Adam qui m'observent depuis la porte. 16 et 18 se tiennent la main en souriant. Adam1 secoue la tête avec un air amusé et me fait signe en croquant dans sa pomme. Eve1 a un air réprobateur, comme la plupart de mes compagnons. Ils ne sont pas tous faits pour quitter le Sanctuaire. En fait, je pense qu'aucun ne le quittera, pas aujourd'hui en tout cas, et sans doute jamais. Mais moi, je ne suis pas faite pour vivre dans une boîte, aussi jolie et confortable soit-elle. Et le Sanctuaire est une boîte vraiment très confortable.

Et comme une dernière provocation, j'appuie sur le bouton de ma combinaison qui cesse d'épouser mes formes pour glisser à terre, brisant mes derniers liens avec l'Arche.

Je suis libre.

ÉPILOGUE

Terre, date : inconnue. Heure : inconnue.

Je lisse ma robe en peau de biche sur mon ventre arrondi en sortant de la cabane tordue que Chasseur a construite pour moi, me promettant de remettre la planche de l'encadrement de la porte droite en revenant l'après-midi. Non, mon Chasseur n'est décidément pas un Bâtisseur. Mais cette maison, il l'a faite avec amour, alors je ferai juste quelques petites modifications histoire qu'elle ne nous tombe pas sur la tête.

— Bonjour Étoile ! s'exclame joyeusement une jeune brune en s'approchant en trottinant.

— Bonjour Sagesse, je vais me balader.

La jeune femme lève les yeux au ciel, mais au lieu de protester comme elle en a eu l'habitude les premiers mois, elle tend le doigt vers un panier de fruits et un arc soigneusement préparé par Chasseur. Je souris. Mon homme sérieux et autoritaire n'oublie jamais de préparer pour moi ce que je lui demande. Je glisse l'arc autour de mon flanc et prends le panier sous le bras.

— Au revoir, Sagesse.

Elle me fait signe alors que je me dirige vers une corde qui pend vers le sol, je m'y accroche et laisse la gravité me faire descendre lentement, faisant monter un chargement attendu en haut en retour. Sous mes pieds nus, l'herbe fraîche me chatouille. Je sais qu'il vaudrait mieux que je mette des chaussures, mais après vingt ans à porter des bottes, j'apprécie tout juste les sensations de la vie sous mes plantes de pieds.

Je ne m'attarde pourtant pas avant de m'enfoncer dans la forêt. Je connais le chemin par cœur désormais, et ce n'est pas uniquement grâce à Chasseur qui l'a soigneusement balisé, mais aussi parce que je l'ai souvent emprunté. En quelques heures seulement j'atteins le Sanctuaire, parce que j'ai flâné sur le chemin et observé une fourrure d'argent dans les fourrés. Bientôt ce trajet sera bien trop long pour ma condition, et je ne pourrai plus venir, mais je n'y songe pas trop. Le Sanctuaire n'a pas changé depuis le jour où je suis partie. Aucune Eve et aucun Adam ne l'a quitté, et probablement ne le feront-ils jamais.

Je m'avance jusqu'à la porte, mon panier de fruits sous le bras, et j'attends. Pas longtemps, car la porte s'ouvre bientôt et Eve1 et Adam1 se tiennent de l'autre côté, une main sur chaque scanner, réparé depuis le temps. C'est le seul moyen de l'ouvrir, la seule condition : être deux. J'aurais aimé le savoir avant de tout casser.

— C'est gentil de venir nous rendre visite, Lilith, se moque Adam1 en se penchant vers mon panier.

— Je t'ai déjà dit d'arrêter de m'appeler comme ça ! je râle en leur tendant les fruits.

— La Commandante te salue, me rapporte Eve1.

Nos désaccords ont été très virulents au début de notre relation, mais je crois qu'au final, elle m'aime bien. Eve1 me ressemble. Seulement, elle a fait le choix du Sanctuaire.

— Étoile ! s'exclame 16 et 19 en même temps.

Elles se jettent sur moi et je les prends dans mes bras, laissant tomber mon panier de fruits.

— Entre, laisse-moi examiner ton enfant, tu sais comment tu vas l'appeler ? Je sais que je t'ai déjà posé la question la semaine dernière, mais tu vois j'ai réfléchi, et si c'est un garçon pourquoi pas Caïn ? Ou Abel ?

16 est intarissable dès qu'elle commence à parler. Elle me prend par la main pour m'emmener jusqu'à l'infirmerie et me faire une échographie. Cette partie de sa personnalité, bavarde et extravagante que l'éducation de l'Arche étouffait, a ressurgi très rapidement, à l'écart de celle-ci.

Les deux Eve ont rejeté leur nom pour revêtir simplement leur numéro et leur homosexualité au passage. Mon départ précipité les a inspirées. Et la Commandante ne pouvait tout simplement pas refuser, au risque de contrarier la communauté LGBT de l'Arche… Personne ne voulait avoir une révolution des LGBT sur le dos.

Le programme suit son cours, mais… différemment.

Il y a plus d'Adam que d'Eve disponibles, l'Arche fait des sélections pour pallier le problème, mais pour l'instant certaines Eve se trouvent à flirter avec plusieurs Adam, et a contrario, certains

Adam attirent l'attention de plusieurs Eve. En soi, chacun trouve son rythme, ses envies. Les assignations ont pour la plupart été rompues, Eve1 est très amoureuse d'Adam2, Adam20 a décidé qu'être seul lui plait.

Le Sanctuaire n'est pas ma maison, mais les Eve et les Adam restent mes frères et mes sœurs, et même si Chasseur est contrarié, je continuerai d'y aller régulièrement. Et peut-être qu'un jour j'emmènerai Sagesse avec moi… sait-on jamais.

— Étoile ! s'exclame joyeusement 16 en me montrant l'écran du moniteur. C'est une fille !

Je souris. Chasseur m'avait fait promettre de garder le secret, mais moi j'ai le droit de savoir.

— Je sais déjà comment je vais l'appeler.

Tout le monde me dévisage avec curiosité, entassé dans l'infirmerie.

— Liberté.

REMERCIEMENTS

Il y a tellement de personnes que j'aimerais remercier. Déjà, vous, lecteurs, sans qui cette histoire serait probablement restée à moisir dans mes tiroirs. AstralArc pour avoir fait sans protester ma couverture, malgré mes exigences des plus dictatrices. Marion, de Miralta Edito qui a corrigé mon histoire et m'a redonné confiance en ce que j'écrivais. Ma mère enfin. L'objectif de ce livre était d'écrire une histoire courte pour qu'elle puisse me lire. L'histoire est là, mais déjà trop longue. Nouvel Eden n'est pas la première histoire que j'écris, mais la première que je publie, et je l'espère, pas la dernière.

Merci, car il n'y a pas de mot plus sincère pour exprimer ma gratitude à toutes les personnes qui m'ont soutenue jusqu'au bout de ce projet complètement fou.